AF474257

LE COMTE

DE SAINT-YON

PAR

C. GUENOT.

PARIS
P. M. LAROCHE, LIBRAIRE-GÉRANT,
Rue Bonaparte, 66.

LEIPZIG
L. A. KITTLER, COMMISSIONNAIRE,
Querstrasse, 34.

H. CASTERMAN
TOURNAI

ÉPOPÉES DE L'HISTOIRE DE FRANCE.

LE COMTE DE SAINT-YON.

N° 22.

LES ÉPOPÉES DE L'HISTOIRE DE FRANCE.

*1. Sigismer, ou la Marche des Francs.
*2. Les Abeilles d'or.
*3. Le Fils aîné de l'Eglise.
*4. Chramn le maudit.
*5. Les Mystères du palais de Braine.
*6. La Villa de Héristall.
*7. Lampégia, ou la prisonnière des Arabes.
*8. Warderick.
*9. Le Sanctuaire d'Irmensul.
*10. Le Roi de la mer.
*11. L'héritier de Duncastel.
*12. Guillaume Hubray, scènes de la vie féodale.
*13. Yves le Mayeur.
*14. Les Redresseurs de torts.
*15. Le Soldat de la croix.
*16. Réginald.
*17. Le Maître de Hongrie.
*18. Le Juge du roi.
*19. Le Chevalier au cor d'argent.
*20. Phélippa, souvenirs du règne de Charles VI.
*21. L'Espion, ou les Anglais chassés de France.
*22. Le Comte de Saint-Yon.
*23. Roger d'Entragues, ou les Français en Italie.
*24. Le Pâtre des Alpes.
25. Le Baron de Montcorvo.
26. Marie de Blamont.
27. La Mothe-Friars, ou la conspiration.
28. La Fille de l'Usurier.
29. Le Capitaine hollandais.
30. Ange de Brancaléon.
31. Le Prisonnier de la Bastille.
32. Emma Vaubellier.
33. Un souvenir de la Terreur.
34. Le Transfuge.
35. Le Grenadier de la Garde.
36. Le Franc tireur.

L'astérisque indique les volumes en vente.

Ils sortirent du chateau et s'avancèrent vers le fleuve.

LE COMTE

DE SAINT-YON

OU LES CACHOTS DE PLESSIS-LÈS-TOURS

Par C. GUENOT.

PARIS
P.-M. LAROCHE, LIBRAIRE-GÉRANT,
Rue Bonaparte, 66.

LEIPZIG
L. A. KITTLER, COMMISSIONNAIRE,
Querstrasse, 34.

H. CASTERMAN
TOURNAI.
1868

SOMMAIRE HISTORIQUE DE L'OUVRAGE.

(1461-1483.)

Avénement de Louis XI, 1461. — Lutte de Louis XI avec la maison de Bourgogne. — Ligue du bien public. — Bataille de Montlhéry, 1462-1463. — Mort de Philippe-le-Bon, 1467. — Louis XI à Péronne; il annule le traité conclu avec Charles-le-Téméraire, 1470. — Louis XI combat la féodalité, 1473. — Bataille de Grandson et de Morat, 1476. — Exécution du comte de Saint-Pol, 1477. — Mariage de Marie de Bourgogne avec Maximilien et rivalité de l'Autriche et de la France, 1477-1482. — Agrandissement de la France. — Influence du roi en Europe. — Accroissement de l'armée. — Défauts et qualités de Louis XI. — Sa mort, 1483.

LE COMTE DE SAINT-YON.

I

LA CAVALCADE.

Par une froide et nébuleuse matinée du mois d'avril 1483, vingt-quatre cavaliers venant de l'Anjou, et paraissant se diriger vers la Bourgogne ou la Champagne, suivaient la route d'Orléans. Arrivés à un endroit marécageux et parsemé de flaques d'eau, ils hésitèrent un instant ; mais comme il leur eût fallu retourner en arrière et faire sans doute un long circuit pour éviter ce mauvais pas, ils poussèrent résolûment en avant. Les abords de la vallée humide offraient à l'œil un aspect assez riant. A l'approche du printemps, du *renouveau,* comme on disait alors, la végétation avait commencé à se développer ; les renoncules jaunes, les véroniques d'un bleu pâle, et diverses fleurs aquatiques s'épanouissaient à la surface du sol. Des bouquets de saules et d'aunes qui commençaient à verdoyer, tranchaient sur la couleur vaseuse des eaux.

A peine les cavaliers eurent-ils avancé de quelques pas, que leurs destriers enfoncèrent jusqu'au poitrail et furent bientôt tout en sueur. Les hommes interrompirent leur conversation très-bruyante un instant auparavant, et s'appliquèrent à sortir de ce marais sans trop d'éclaboussures et de dommages pour leur costume. Parfois d'énergiques exclamations témoignaient de leur impatience, mais les chevaux n'en avançaient pas plus vite; ils renâclaient sous l'éperon, hennissaient de douleur, trébuchaient fréquemment, menaçant à chaque instant de se coucher dans le marais avec leurs cavaliers.

Il fallut une grande heure à la petite troupe pour franchir la vallée. Elle fit une courte halte pour reprendre haleine, puis elle se remit en marche d'un pas plus rapide. Mais alors les cavaliers, au lieu de chevaucher pêle-mêle, se partagèrent en deux groupes. Le premier, composé de cinq hommes, prit les devants; le second, restant à une distance respectueuse, ne fut pas longtemps en silence. Les voix s'élevèrent, reprenant sans doute l'entretien interrompu.

Les personnages qui formaient la dernière troupe portaient des couleurs ou livrées différentes, attestant leur position subalterne et leur engagement au service de divers maîtres. Ils avaient en croupe des bottes de foin, des provisions de bouche, des cassettes contenant des armes, des vêtements, tout ce qui, en un mot, peut être utile à des guerriers en campagne.

En effet, c'étaient des valets, des pages, des écuyers, qui suivaient leurs chefs en expédition ou en voyage. Ces gais compagnons trompaient les ennuis de la route en devisant avec vivacité. Souvent une heureuse saillie, un bon mot, provoquaient les éclats de rire, qui allaient éveiller les échos d'alentour.

Les maîtres, dédaignant de se mêler à leurs serviteurs, chevauchaient à part et se distinguaient par la richesse de leur costume et de leurs armes. Ces chevaliers en voyage portaient un casque léger et de fin acier, dont les jugulaires simulaient des écailles; une plume rouge ou blanche le surmontait, et la visière était levée. Un grand manteau brun à parements écarlates les enveloppait; une agrafe de vermeil, enrichie de pierres précieuses, le retenait sur la poitrine. Sous le manteau à demi entr'ouvert pour laisser aux mains la faculté de tenir les rênes, apparaissait une armure élégante qui se composait d'un plastron d'acier poli, garnissant la poitrine, de brassards et de cuissards de même métal. De la ceinture de soie brochée d'or, pendaient une courte épée et une dague, dont la garde incrustée de pierreries indiquait l'opulence de ceux qui les portaient. Des chausses en cuir, recouvertes de velours cramoisi et armées d'éperons d'or, pressaient les flancs des chevaux.

Ceux-ci étaient de nobles coursiers aux allures gracieuses, au galop plein d'ardeur. Richement caparaçonnés, ils se dégageaient fièrement des housses de drap écarlate, lamées d'argent, qui les recouvraient; ils blanchissaient d'écume leur mors d'argent et paraissaient comprendre qu'ils avaient l'honneur d'appartenir à d'importants personnages.

Des cinq cavaliers qui cheminaient de compagnie, deux avaient la barbe blanche; leurs traits mâles et sévères, les plis austères qui contractaient leurs lèvres, les rides creusées sur leur large front attestaient l'expérience de la vie et l'habitude du commandement. Leurs mouvements graves, mesurés, la dignité empreinte dans toute leur personne frappaient au premier abord. Ils marchaient en tête de la troupe.

Les deux cavaliers qui les suivaient immédiatement paraissaient être dans toute la force de l'âge. Leurs formes élégantes et robustes relevaient encore leur mine altière. Leur moustache noire et soigneusement entretenue, leurs yeux brillants d'audace, leur taille au-dessus de la moyenne et admirablement proportionnée, une souplesse et une élasticité merveilleuses des muscles indiquaient des gentilshommes accomplis.

Le cinquième cavalier, jeune homme de dix-huit ans tout au plus, contrastait par la physionomie avec ses rudes compagnons. Son visage, frais et légèrement rosé, annonçait encore l'adolescence. Un léger duvet ombrageait seulement sa lèvre supérieure, et faisait ressortir le contour sculptural de ses lèvres. Deux grands yeux bleus éclairaient sa figure ovale et pensive ; son nez, aux agréables inflexions, était finement modelé comme celui d'une statue antique. La visière du casque relevée laissait voir un front haut et d'une blancheur marmoréenne. Les boucles opulentes de sa blonde chevelure aux reflets soyeux, ruisselaient sur ses épaules. Au premier abord, cette physionomie, dans son ensemble, semblait plus timide et mélancolique que martiale ; pourtant, en l'observant de plus près, on y découvrait un certain air de grandeur et de majesté. On sentait que de généreux sentiments devaient se remuer sous cette poitrine délicatement dessinée, et qu'un cœur d'homme animait ce corps élégant aux proportions sveltes et gracieuses.

De temps à autre, un nuage de profonde tristesse assombrissait le visage du jeune cavalier, et ses yeux s'emplissaient de larmes qu'il n'empêchait de couler, on le devinait facilement, que par un effort de sa volonté. Alors, il se penchait sur le pommeau d'argent de sa selle, la tête s'inclinait sur sa poitrine, et il soupirait. Le coursier, parfois, comme s'il eût compris la douleur secrète de son maître, tournait la tête avec une sorte de sympathie et semblait écouter anxieusement ces accents arrachés par la souffrance morale.

L'adolescent montait un magnifique cheval blanc, façonné de longue main, et dont les naseaux se dilataient de plaisir, dans cette course rapide.

Les quatre premiers cavaliers jetaient parfois un regard de compassion sur le jeune homme ; ils le contemplaient de temps à autre avec une émotion mêlée de respect, et, s'ils le précédaient, c'est qu'il l'avait voulu, afin de se nourrir plus paisiblement des souvenirs amers qui le préoccupaient. L'adolescent se montrait insensible à ces marques d'intérêt, et semblait n'y point prendre garde ; il laissait flotter les rênes sur le cou de son cheval, et se livrait tout entier à sa rêverie.

Cependant la troupe traversait des plaines tour à tour boisées et marécageuses, ne ralentissant sa course qu'autant que les difficultés de la route l'y contraignaient. Quoique le pays fût désert, et qu'ils ne rencontrassent aucune habitation, les quatre guerriers plus âgés modéraient quelquefois le galop de leurs chevaux pour examiner les environs ; leurs allures circonspectes, inquiètes même, annonçaient qu'ils redoutaient quelque danger.

Les varlets, pages ou écuyers, suspendaient alors leur conversation animée et se mettaient également à interroger l'horizon. Mais rien de suspect, pas une créature humaine n'apparaissait. Des bandes d'oiseaux s'élevaient de temps à autre des fourrés que traversait la petite caravane, ou des marais qui bordaient le chemin, sans réussir à attirer l'attention des voyageurs. Ces hôtes inoffensifs de la solitude n'offraient rien d'alarmant.

La route se poursuivait rapidement, quand soudain une bande de corbeaux, abaissée dans une prairie, reprit son vol et plana au-dessus du jeune homme. Celui-ci tressaillit, se leva tout droit sur ses étriers, et tendit la main vers les sinistres oiseaux qui s'éloignèrent à tire d'aile en croassant. Il se calma, mais demeura enseveli dans de sombres réflexions, que ses compagnons ne jugèrent pas à propos d'interrompre.

Après un instant de silence, l'adolescent s'adressa au vieillard le plus rapproché, et lui dit d'une voix singulièrement triste :

— Messire, avouez que le malheur me poursuit cruellement.

— Je compatis sincèrement à vos épreuves douloureuses, enfant, répondit le guerrier ; mais je ne vois rien de nouveau qui puisse justifier en ce moment votre observation.

— Ce qui vient de se passer, messire Claude, n'est-il point de funeste présage ?

— De quoi voulez-vous parler ?

— De ces oiseaux maudits, dont vous avez entendu, comme moi, le cri insolent.

Claude sourit tristement, et, modérant l'allure de son cheval, il le mit au pas avec celui du jeune homme.

— Vous êtes superstitieux, enfant, murmura-t-il ; ne vous attachez point à ces puérilités et bannissez ces pensées, indignes d'un grand cœur tel que le vôtre.

— Vous n'avez donc pas foi aux augures ?

— Non, en vérité ; je trouve même ridicule d'attribuer de l'importance à certaines circonstances qui sont uniquement le produit du hasard.

— Beaucoup, cependant, pensent autrement que vous sur ce point.

— Je n'en disconviens pas.

— Eh bien !

— A ces aveugles croyances, je puis opposer des faits basés sur l'expérience.

— Pourriez-vous m'en citer quelques-uns ?

— Parfaitement.

— Je vous écoute.

— J'ai connu de braves guerriers, mes compagnons d'armes, qui se jouaient de ces terreurs vulgaires. Plusieurs portaient sur leur casque l'effigie du corbeau, à la grande stupéfaction des esprits faibles.

— Que leur est-il arrivé ?

— Les uns sont morts, ainsi que le voulait le cours ordinaire des choses ; mais la plupart se sont illustrés par de brillants exploits, et ont atteint comme moi une vieillesse honorable.

— Je vous crois, répondit simplement le jeune homme dont les traits demeurèrent sombres.

— En ce cas, ne vous alarmez plus.

— Hélas ! je n'ai que trop de motifs de m'inquiéter en ce moment.

— C'est à tort.

— Je le voudrais.

— Ressentez-vous quelque regret ?

— Nous n'aurions pas dû entreprendre ce voyage périlleux.

— Tranquillisez-vous, mon fils ; nous avons déjà fourni presque la moitié de notre course, et nous n'avons fait aucune rencontre fâcheuse.

L'adolescent laissa échapper un gémissement. Le vieillard ajouta :

— Ayez bon courage et pleine confiance dans le résultat définitif.

— Je désirerais, messire Claude, être animé de vos espérances, mais je ne le puis.

— Pourquoi ces doutes ?

— Parce que le but que nous poursuivons me semble impossible à atteindre.

— Vous raisonnerez autrement lorsque nous serons au terme de ce voyage. Nous allons pénétrer dans un pays tout dévoué à votre cause. Là, des amis nombreux, fidèles jusqu'à la mort, vous entoureront et vous défendront.

L'adolescent, malgré ces paroles rassurantes, secoua la tête avec découragement ; deux larmes vinrent mouiller ses longs cils et il soupira :

— Que n'ai-je refusé d'écouter votre voix, messire ! Hélas ! j'ai sacrifié une position honorable, incontestée, pour me jeter dans les aventures.

— Oubliez-vous, interrompit Claude avec quelque sévérité, qu'il s'agit d'une couronne ?

— Et que m'importe le diadème ? Il ne donne pas le bonheur.

— Jean ! s'écria le vieillard avec un accent douloureux, ces plaintes ne sont pas dignes de vous. Rappelez-vous ce que vous êtes ; songez à l'attente de nombreux guerriers, et ne vous abandonnez pas comme les lâches à des craintes ou à des regrets chimériques.

— Vous ne devez pas me reprocher d'avoir manqué de courage.

— Je parle du présent et non du passé.

— A la bonne heure. C'est par vos conseils que j'ai quitté mon heureuse retraite, ma demeure tranquille, où je jouissais d'une vie douce et pleine de charmes. A l'âge où le plus grand nombre des hommes forment des souhaits d'avenir, je me trouvais comblé, et je priais Dieu seulement de ne point diminuer mes joies. Ces biens modestes mais réels, je les ai sacrifiés.

— Jean, je ne m'offenserai pas de ce langage plein de reproches, car je connais votre âme généreuse. Moi qui vous ai élevé, qui ai veillé sur vous dès les jours de votre plus tendre enfance, je vous pardonne. Je veux croire que l'inexpérience, ou un sentiment irréfléchi auquel vous avez cédé, vous ont dicté des paroles pénibles.

— Je ne recouvrerai jamais la paix des années écoulées.

— Cette paix que vous évoquez, reprit Claude en s'animant, à qui la deviez-vous? A moi, j'ose l'affirmer. Vous n'avez pas été inquiété dans votre manoir, parce que, à force d'habileté, j'ai détourné les soupçons de Louis XI, du prince le plus méfiant qui jamais ait occupé un trône. Si vous avez obtenu la main d'une vertueuse et noble jeune fille, c'est moi qui vous ai procuré cette alliance enviée, et qui ai conduit votre épouse à votre foyer. Je ne vous rappelle point ces services, ô mon maître, pour affliger votre cœur d'un reproche, mais afin de fortifier votre confiance dans celui dont le dévouement et l'affection n'ont jamais failli.

Il y eut une pause, pendant laquelle le vieillard parut aussi triste que son jeune compagnon. Enfin il reprit :

— Je vous aime assez, Jean, pour éviter une indulgence coupable à votre égard. J'ai souffert, croyez-le, de troubler votre félicité, mais il le fallait.

En achevant ces mots prononcés d'une voix altérée, Claude essuya furtivement une larme qui roulait sur sa joue; puis il ajouta :

— Il faut, enfant, que vous méritiez de posséder cette épouse dont l'affection vous paraît si chère; et pour cela, vous devez demeurer digne de votre illustre race.

— Que parlez-vous de ma race? balbutia le jeune homme.

— Pourquoi ne rappellerai-je pas ici le souvenir de vos glorieux ancêtres, qui marchèrent de pair avec les plus puissants souverains de l'univers? Ils furent les alliés des empereurs et des rois, et vous n'avez pas le droit de déshonorer leur nom immortel. Je vous ai parlé souvent des rois fainéants des premiers temps de la monarchie française; gardez-vous de ressembler à ces honteux fantômes, qui montraient dégradée dans leur personne l'image auguste des héros et des princes. Que ces leçons mémorables vous instruisent et relèvent votre courage.

— Je risquerais mon repos, ma sécurité, ma vie même de grand cœur, répliqua l'adolescent, si j'avais la certitude d'appartenir à la maison fameuse dont vous affirmez que je descends.

— Jean, je vous en conjure, dit le vieillard avec une poignante douleur, ne cherchez plus à ébranler nos convictions, nos plus chères croyances. Nous avons trop souffert, pour les abandonner sur un simple doute qui naît dans votre esprit inquiet.

Le jeune homme, touché du chagrin de Claude, lui dit :

— Pardonnez à mon âge, mon cher et fidèle précepteur; j'essaierai de mettre en pratique vos généreux enseignements. Ne m'imputez pas à crime ni à lâcheté des regrets bien légitimes, mais qui ne m'empêcheront pas d'obéir à vos conseils et de poursuivre jusqu'au bout l'entreprise que nous commençons. Souffrez que je donne une dernière larme à mon épouse, au toit paisible qui abrita mon enfance. Maintenant, plus d'arrière-pensée. Je m'efforcerai de marcher sur les traces de mes vaillants ancêtres.

— Bien, mon noble maître, dit Claude en reposant sur l'adolescent un regard de paternel orgueil ; je savais bien que vous ne feriez point mentir le sang illustre qui coule dans vos veines, et que vous étiez incapable de manquer à la grande résolution que vous avez prise, naguère, au milieu de nous.

— Je me confie entièrement à vous, messire Claude.

— Et vous avez raison. L'événement, je n'en doute pas, prouvera que nous avons agi sagement. Dès que nous aurons dépassé Orléans, et que nous nous serons éloignés du repaire redouté de Louis XI, nous serons à peu près hors de danger. Nous ne tarderons pas d'arriver à Beaume, au milieu de nos amis, sur la terre de Bourgogne enfin.

— Le roi de France est puissant et nos moyens bien faibles.

— Louis est mourant, s'il faut ajouter foi à la renommée. A la disparition de ce prince, notre tâche deviendra facile ; le succès sera immanquable.

— Dieu vous entende !

— Il nous protégera, enfant. Quoi qu'il arrive, vous serez entouré de cœurs fidèles, prêts à mourir pour vous, s'il le fallait.

Claude prononça ces paroles en se tournant vers ses trois compagnons, qui confirmèrent les protestations du vieillard par un serment solennel. Le jeune homme les remercia tous de leur dévouement sans bornes, et déclara qu'il ne fléchirait point dans l'œuvre entreprise.

La cavalcade continua sa route. Les varlets insouciants s'avançaient joyeusement, s'entretenant avec bruit; les gais propos ne tarissaient pas dans cette troupe pleine de jeunesse et d'ardeur. Dans le groupe des cinq cavaliers, au contraire, de rares monosyllabes furent échangés; chacun d'eux paraissait absorbé dans de profondes méditations.

Deux heures s'écoulèrent ainsi, au bout desquelles les voyageurs atteignirent une plaine accidentée, que parsemaient des arbres fruitiers en fleurs. Des haies épaisses bordaient la route, clôturant quelques coins de terre ensemencés de blés en herbe. Le paysage s'animait; des troupeaux paissaient çà et là, sous la garde de quelques paysans. Parfois, le galop des chevaux faisait fuir un daim, blotti sur la lisière d'un bois, ou quelque lièvre matinal. Le ciel, jusque-là brumeux, s'éclaircit et les rayons de soleil, perçant les nuages, réchauffèrent la nature.

Enfin, une auberge apparut, isolée, à demi-perdue au milieu des haies et des vergers. Au signal de messire Claude, toute la troupe s'arrêta et mit pied à terre. Les chevaux harassés paraissaient plus satisfaits encore que les hommes de cette halte, et ils hennirent de plaisir, dans l'espoir d'une provende copieuse.

— Enfants, dit le vieillard aux varlets, hâtons-nous; chaque instant est précieux pour nous; il faudra tout à l'heure remonter en selle. Tenez-vous à la portée de ma voix.

Les serviteurs promirent d'être prompts à se restaurer, et de ne point perdre de vue leurs maîtres.

Il y avait une demi-heure à peine que les cavaliers étaient arrivés, et déjà messire Claude, attablé dans la grande salle de l'auberge avec ses quatre compagnons, se préparait à remonter à cheval, quand un grand tumulte éveilla son attention. Il se leva vivement ainsi que ses amis, et tous s'élancèrent dans la cour. Ils virent leurs gens qui fuyaient dans toutes les directions. Ils n'avaient pas eu le temps de s'enquérir de la cause de cette panique, qu'une troupe nombreuse d'hommes d'armes les enveloppa et les mit dans l'impossibilité de s'évader.

Ils ne pouvaient penser à se défendre. Outre qu'ils étaient bien inférieurs en nombre à leurs ennemis, ils n'avaient pas leurs armes qui gisaient éparses sur la table de l'auberge et sur les bancs de bois qui longeaient les murs. Seul, messire Claude avait gardé son épée. Il la tira sans hésiter et la leva pour frapper. Mais le chef de la troupe adverse lui retint le bras.

— Laissez-moi, lâche! s'écria le vieillard furieux.

Mais l'autre répondit sans s'émouvoir :

— Vous voyez bien que toute résistance est inutile : que pouvez-vous contre nous?

— Te punir du guet-apens que tu nous as tendu! s'écria Claude.

— Voulez-vous donc que nous versions ici votre sang?

Et comme le vieillard le regardait avec indignation, il ajouta :

— Au nom du roi Louis, rendez votre épée!

Claude abaissa son glaive, et, continuant de fixer sur l'inconnu son regard indécis :

— Qui êtes-vous donc? demanda-t-il d'une voix altérée par la colère.

— Ne me reconnaissez-vous pas? dit le chef avec un hideux sourire.

— Non. Votre nom?

— Tristan l'Hermite, le prévôt du roi.

A ce nom détesté, l'œil de Claude étincela, ses lèvres frémirent de rage.

— Malédiction ! hurla-t-il : j'aurai ta vie, cette fois, infâme compère du plus dissimulé des princes.

Et il leva de nouveau son épée ; mais Tristan le retint encore, et le menaçant de sa rondache, il reprit :

— Un geste, un seul, et vous êtes mort. Vous avez la tête nue, vieillard insensé ; je puis d'un seul coup vous fendre le crâne.

Claude, au désespoir, laissa retomber son arme impuissante.

— Rendez-vous, comte de Chimay, ajouta Tristan qui fit signe en même temps à ses archers d'approcher.

Claude de Chimay, hors d'état de résister, brisa son épée plutôt que de la livrer, et se laissa prendre par les hommes d'armes.

Le prévôt se tourna alors vers le vieillard qui se trouvait avec le comte de Chimay, et s'adressant à lui :

— Comte de Nassau, reprit-il, rendez-vous également : vous êtes le prisonnier du roi.

Le comte de Nassau subit en frémissant la honte de cette arrestation. Tristan, interpellant ensuite les deux chevaliers dans la force de l'âge, poursuivit :

— Messire de Torcy, et vous, messire de Cravant, vous me suivrez aussi, de par le roi, notre souverain seigneur.

Et les archers entourèrent les nobles guerriers. Alors, le prévôt, fixant son regard de tigre sur le jeune homme, lui dit avec une amère ironie, en étendant vers lui sa main immonde :

— Je vous tiens enfin, M. de Saint-Yon !

— Jamais ! s'écria Jean au paroxysme de la fureur.

Et, de son bras désarmé, il s'efforça de repousser Tristan. Mais celui-ci, dont l'œil jeta des lueurs fauves, appela les archers.

— Ce fou résiste, dit-il ; garrottez-le.

L'adolescent se débattit avec frénésie pour échapper à cet outrage, mais il fut bientôt maîtrisé et chargé de liens ignominieux. Les hommes d'armes, sur l'ordre du prévôt, emmenèrent les cinq prisonniers. La troupe de Tristan, qui se montait à cent hommes, s'élança aussitôt à cheval et s'éloigna rapidement, sans se mettre en peine de poursuivre les varlets, qui fuyaient à toute bride.

II

AU PLESSIS-LÈS-TOURS.

Le surlendemain, dans la journée, la bande de Tristan l'Hermite arriva à Tours, où elle se reposa quelques heures. Le soir, un peu avant le coucher du soleil, elle quitta la vieille cité et prit la route de Plessis-lès-Tours, dont les remparts se dessinaient à l'horizon. Cette retraite choisie par Louis XI pour abriter les derniers actes d'un règne qui avait été si grand et si dur en même temps, apparaissait, avec ses tours de briques, comme une tache, une ombre lugubre, sur le jardin de la France, le doux pays de Touraine.

Les archers du compère du roi ne conduisaient plus que deux prisonniers, Jean de Saint-Yon et le comte de Chimay. Les trois autres, le comte de Nassau et les sires de Torcy et de Cravant, avaient été libérés à Blois sur un ordre de Louis, ou peut-être seulement par le caprice du prévôt, qui agissait à sa guise et jouissait dans le royaume d'une autorité égale à celle du prince lui-même.

Les deux captifs, à pied, les mains garrottées, et séparés l'un de l'autre, marchaient tristement au milieu de leurs gardiens. Le soleil venait de disparaître derrière les collines qui bordent la rive gauche de la Loire, quand la troupe arriva devant le Plessis, sombre manoir où Louis XI vivait aussi malheureux que ses victimes.

Les soldats s'arrêtèrent un instant en face du formidable repaire. Jean de Saint-Yon considérait avec épouvante le château dont la sombre silhouette se détachait, comme un spectre gigantesque, sur le ciel que teignaient les dernières lueurs du crépuscule. Les murs épais formaient une masse informe, au sommet de laquelle se dessinaient vaguement des rangées de créneaux formés de briques rouges. Aux guérites des plates-formes brillaient les hallebardes des quarante arbalétriers qui y veillaient nuit et jour. Les oiseaux nocturnes commençaient à voltiger au-dessus et aux alentours. On voyait parfois, aux meurtrières des tours, passer une lumière sinistre, dont le rayon faisait étinceler l'eau qui remplissait les fossés.

Presque à tous les arbres qui bordaient les avenues conduisant au château, pendaient des cadavres humains, la plupart décharnés, que le vent agitait en tous sens, d'une manière fantastique. Au-dessus, parmi les rameaux dénudés, on distinguait des points noirs, informes, groupés et isolés, qui parfois se mouvaient dans l'ombre; c'étaient des oiseaux de proie, corbeaux et vautours, gardiens vigilants des trépassés, qui, la nuit, perchaient encore sur leur proie.

Tandis que le jeune comte de Saint-Yon contemplait cet horrible spectacle et le sombre manoir dont les cachots allaient l'engloutir sans doute pour toujours, deux archers de Tristan se détachèrent de la troupe et se dirigèrent vers les remparts. Parvenus au bord du fossé, ils donnèrent un signal de reconnaissance, car les sentinelles avaient ordre de tirer, la nuit, sur quiconque approcherait du château. Le jour, les voyageurs ou passants, dont l'allure inspirait le moindre soupçon, étaient immédiatement arrêtés, pendus aux arbres ou jetés dans les oubliettes ; du moins, les annalistes, inspirés par les grands vassaux dont Louis avait brisé la tyrannie, ont accrédité ces odieuses légendes.

Au bout de quelques instants, les deux archers étant revenus, toute la bande s'avança à son tour vers le château et chemina lentement sous les arbres à travers lesquels le vent sifflait, entrechoquant les squelettes suspendus aux branches. Des bandes d'oiseaux de proie, effrayés par le bruit, battaient des ailes et s'envolaient à quelque distance.

A mesure que les archers approchaient, ils redoublaient de précautions, rangés sur deux files et marchant avec la plus grande circonspection, comme si, à chaque pas, un danger les eût menacés. Ils savaient, en effet, que ces lugubres avenues étaient semées de chausse-trappes, de fosses à loup et de toute sorte de piéges : plus d'un soldat imprudent y avait laissé la vie ou l'un de ses membres.

La troupe arriva sans accident au fossé du manoir; il était rempli jusqu'aux bords et garni de pieux aigus qui arrivaient à fleur d'eau; les murs mêmes étaient hérissés de broches de fer.

Au moment de pénétrer dans cette redoutable forteresse, un bruit étrange frappa Jean de Saint-Yon, qui frissonna de tous ses membres : c'était comme un concert de plaintes lamentables, qui semblaient sortir de dessous terre. Le jeune homme, en proie à une sombre et invincible terreur, jeta sur son compagnon un regard rempli d'une poignante angoisse. Le comte de Chimay comprit ce muet langage; son cœur se déchira, il laissa échapper un douloureux gémissement et baissa la tête sur sa poitrine.

Les murmures indéfinissables que Jean de Saint-Yon venait d'entendre, provenaient des malheureux qu'on mettait à la torture : « On les oyait jour et nuit, rapporte le chroniqueur, sortir du château et des maisons circonvoisines, qui toutes étaient pleines de prisonniers. »

La bande d'archers franchit le pont-levis, un instant abaissé, et qui se releva derrière eux en grinçant sur les poulies de fer. Les deux captifs, réunis en ce moment, portèrent leurs yeux désespérés sur les murs épais, inexorables, qui les enfermaient, et ils se dirent qu'il fallait se résigner à la perte de la liberté, peut-être à celle de la vie. Ils se serraient silencieusement la main en signe d'adieu et d'inaltérable affection, ne sachant pas s'ils seraient séparés, quand la voix de Tristan l'Hermite les interrompit :

— Suivez-moi, dit-il sévèrement.

Il sembla aux deux malheureux, à ce cruel instant, voir briller sur les sombres tours du manoir cette parole que le grand poète de l'Italie inscrivait sur les portes de l'enfer : « O vous qui entrez ici, laissez toute espérance ! »

Ils traversèrent plusieurs cours et arrivèrent enfin à une porte énorme, qui roula aussitôt sur ses gonds. Un geôlier se présenta, muni d'une torche, et précéda les prisonniers que suivaient deux archers et le prévôt. Ils descendirent trente-huit marches de pierres, parcoururent de nombreux corridors souterrains, creusés au-dessous du niveau de la Loire, puis de vastes cachots, humides et froids, sur le sol visqueux desquels le pied glissait, et dont les murs salpétrés dégouttaient d'une eau noirâtre qui suintait continuellement.

Le geôlier s'arrêta sous une voûte que soutenaient quatre piliers massifs, reliés par un mur formé de pierres brutes, d'origine granitique. Entre ces quatre piliers s'ouvraient quatre portes basses, étroites, cintrées, bardées de fer et munies d'effroyables serrures.

— C'est ici que le roi vous loge, dit Tristan avec un rire de bête fauve en regardant le comte de Saint-Yon et le comte de Chimay.

— Vous nous enterrez tout vivants, murmura le vieillard, qui, malgré son courage, sentait son sang se glacer dans ses veines.

— Vous vivez encore ; soyez reconnaissants au lieu de murmurer, reprit le prévôt avec un accent terrible.

— Mieux vaut la tombe qu'un tel cachot! dit Claude.

— Vous êtes sur la route. Mais ici, ne l'oubliez pas, on n'arrive à la mort qu'à travers les supplices. Préparez-vous donc.

Cette menace, que les victimes accueillirent en silence, n'était point une vaine forfanterie dans la bouche du compère du roi. Une foule de malheureux, introduits par lui dans ces affreux souterrains, y avaient subi des tortures inexprimables ; la science des tourmenteurs retenait sur les lèvres le souffle de vie prêt à s'exhaler, et prolongeait l'agonie.

Le comte de Chimay avait entendu raconter ces lugubres histoires, auxquelles, malgré ses préjugés contre le roi de France, il n'attachait qu'une croyance médiocre. Mais, en voyant s'ouvrir les cachots souterrains, il comprit que ces récits n'étaient point exagérés.

Tristan l'Hermite, ayant fait ouvrir l'une des portes, poussa devant lui les deux prisonniers dans une longue allée voûtée. De chaque côté s'alignaient des espèces de cellules, de forme étrange, dont ils ne purent bien se rendre compte, à cause de la lumière imparfaite que projetait la torche du geôlier. Le sol était couvert de sable fin, destiné à amortir le bruit des pas des surveillants plutôt qu'à pomper l'humidité. De gros rats, surpris par les nouveaux venus, se réfugièrent en toute hâte sous les cellules. Le prévôt fit ouvrir deux de ces cachots, dans lesquels il ordonna à Claude de Chimay et à Jean de Saint-Yon d'entrer. Ils furent obligés de se courber pour y pénétrer. A peine y eurent-ils mis le pied, qu'ils reconnurent la nature de leur prison. Tristan les enfermait, comme des bêtes fauves, dans des cages de fer.

Le compère du roi prescrivit au geôlier d'enchaîner les captifs, au moyen de forts anneaux suspendus à une chaîne dont l'extrémité était fixée au sommet de la cage ; puis à chacun on jeta un morceau de pain noir et dur, et un peu d'eau dans une cruche de grès. Cela fait, la porte se referma sur les malheureux ; le prévôt et le geôlier se retirèrent, laissant une lampe fumeuse pour éclairer le sombre passage ; et le silence, un instant interrompu dans ces lieux désolés, régna de nouveau. On n'entendit plus que les rats grignotant les restes abandonnés par quelque prisonnier, et les gouttes d'eau tombant des voûtes du souterrain.

III

UNE RENCONTRE DANS LES CACHOTS.

Quelques instants après le départ de Tristan et du geôlier, le comte de Chimay n'entendant plus rien et sachant que Jean de Saint-Yon était enfermé près de lui, se traîna aux barreaux de sa cage, et se tournant du côté de son jeune et malheureux compagnon, il appela :

— Jean, Jean ! mon fils !

L'adolescent garda le silence. Brisé de fatigue et d'émotion, enterré tout vif dans cette affreuse prison, il était tombé dans un état de prostration complète, puis dans un sommeil agité et plein d'angoisses, que la voix de Claude n'eut pas le pouvoir d'interrompre. Cependant quelqu'un répondit à l'appel du comte de Chimay, avec un accent contenu.

— Existe-t-il donc ici d'autres infortunés que nous ? s'écria Claude en tressaillant.

— Malheureusement, oui, répliqua le même personnage en étouffant un soupir. Mais, je vous en prie, qui que vous soyez, parlez plus bas.

— Le prévôt et le geôlier sont partis ; nous sommes seuls.

— Défiez-vous : les murailles, les voûtes mêmes ont des oreilles dans les souterrains de Plessis. Attendez un instant et parlez aussi bas que possible.

Il y eut une pause, puis la voix continua :

— Je suppose que vous êtes de condition élevée ; les prisons que nous occupons sont réservées aux hommes de noble origine. Qui êtes-vous?

— Le comte Claude de Chimay.

— Est-il possible? vous ici!

— Je suis tombé aux mains des agents du roi, et ils viennent de me jeter dans ce cachot.

— Je vous plains sincèrement.

— Me connaissez-vous donc?

— Assurément, et depuis longtemps.

— Permettez que je vous demande à mon tour qui vous êtes.

— Je suis le vicomte Raoul de Châteauneuf.

— Que me dites-vous là?

— La vérité.

— Mais le vicomte Raoul est mort.

— Rien ne me surprend de la part de mes implacables ennemis; ils auront fait courir ce bruit.

— Il y a bien longtemps que vous avez disparu du monde.

— En effet, il y a vingt ans que je suis renfermé dans ce château. J'ai été gardé si sévèrement, que jamais je n'ai pu faire parvenir de mes nouvelles au dehors ou en recevoir de mes parents.

— Votre sort a été bien terrible.

— Hélas! mes malheurs ne sont point encore à leur terme.... Mais, messire, pouvez-vous m'apprendre ce que sont devenus ma femme et mes enfants?

— Votre noble épouse n'est plus.

— Dieu veuille que je la rejoigne bientôt! murmura le captif.

Ensuite il demanda :

— Mes deux fils vivent-ils encore?

— Ils vivent; l'un et l'autre se sont unis à de vertueuses jeunes filles.

— Que font-ils?

— Ils servent la cause pour laquelle je viens d'être plongé dans ce souterrain.

— Quelle cause? demanda le vicomte. Il s'agit, sans doute, de celle du duc Philippe de Bourgogne, à qui, je n'en doute pas, vous êtes resté fidèle.

— Oui, répondit Claude avec tristesse, nous gardons chèrement la mémoire de notre vaillant prince.

— Expliquez-vous, je ne comprends pas.

— Le duc Philippe a payé depuis longtemps le tribut à la nature : il est mort!

— Alors vous avez passé sous la bannière de son fils Charles?

— Charles lui a succédé, il est vrai ; mais lui aussi est mort.

— Quoi! le Téméraire, qui avait une constitution de fer et que j'ai connu au printemps de la plus brillante jeunesse, a déjà disparu de la scène?

— Lui et beaucoup d'autres.

— Je ne suis pas surpris alors si personne n'a réclamé ma délivrance. J'accusais mes maîtres d'indifférence ; je vois que j'étais injuste.

— Le duc Philippe vous redemanda au roi Louis, mais ce prince perfide répondit que vous aviez succombé en prison. Voilà pourquoi, vous croyant mort, ni votre suzerain, ni vos enfants ne se sont occupés de votre délivrance.

— Merci pour toutes ces révélations, dit le vicomte ému de ces nouvelles. Je rends grâce au Ciel qui a permis que je fusse rapproché de vous. Mais, malgré toute la satisfaction que me cause votre présence, je vous plains du fond de mon cœur d'être tombé au pouvoir d'un homme qui ne pardonne jamais. Vous voilà condamné à un supplice que le roi de France inflige à ceux qu'il redoute et qu'il hait le plus.

— Je suis, comme vous, sans doute, dans une cage de fer.

— Vous habitez si récemment cet affreux cachot, que vous ne le connaissez pas encore dans tous ses détails. Votre cage, comme la mienne, a huit pieds carrés, et vous devez avoir un anneau passé aux jambes.

— Effectivement.

— Eh bien, à cet anneau est fixée une chaîne très-pesante, terminée par une forte boule de fer. On appelle ces chaînes les *fillettes* du roi.

— Vous dites vrai, reprit le comte qui venait de soulever ses fers.

— Il y a ici, poursuivit Châteauneuf, douze cages semblables, dont chacune a renfermé un prisonnier illustre.

— Avez-vous donc toujours vécu dans cet horrible souterrain ?

— Non : j'y ai été jeté le mois dernier seulement. Toutefois, j'ai déjà pu recueillir la légende de chaque cage, sombres et tristes histoires, la plupart du temps, auxquelles les nôtres seront jointes un peu plus tard.

En achevant ces paroles, Raoul fut pris d'un accès de toux qui lui déchirait la poitrine.

— C'est le présage de la fin de mes trop longues misères, dit-il. La rigueur de la captivité a épuisé mes forces avant l'heure. Que la volonté de Dieu s'accomplisse ! il jugera entre mes ennemis et moi.

Châteauneuf fut obligé encore de reprendre haleine. Claude l'engagea à suspendre l'entretien, mais il n'y voulut pas consentir.

— Cela me fait tant de bien, reprit-il, de pouvoir communiquer cœur à cœur avec un ancien ami, avec un homme qui m'écoute avec sympathie, que je ne veux à aucun prix me priver de ce bonheur. Qui sait si demain nous aurons la même liberté, ou même si nous ne serons pas séparés?

Le vicomte s'étant reposé un moment, continua en ces termes :

— Je puis vous apprendre l'histoire de ces demeures souterraines qui nous avoisinent ou que nous occupons. Les deux cages qui sont à votre droite, ont été apportées ici du château d'Onzain, près de Blois, où elles ont servi de prison pendant dix ans, l'une à l'évêque de Verdun, Guillaume d'Harancourt, ancien aumônier du roi et d'abord son ami; l'autre au cardinal Jean La Balue, jadis principal conseiller de Louis, qui fut ainsi traité pour avoir, dit-on, entretenu des relations avec le duc de Bourgogne, notre maître. La cage que vous occupez, a renfermé le duc d'Alençon, transféré ailleurs. Celle qui est à votre gauche....

— Où est mon compagnon, interrompit le comte de Chimay.

— Vous n'êtes pas seul?

— On a enchaîné avec moi un jeune homme que j'ai élevé et que j'aime comme mon fils.

— Encore une victime destinée à s'étioler, à pourrir dans ces infâmes cachots. Il remplace un infortuné, le fils du duc d'Alençon, le comte du Perche, qui a passé là misérablement plusieurs années.

— On lui reprochait, dit Claude, d'avoir voulu se retirer en Bretagne sans la permission du roi.

Mais il avait été poussé à cette entreprise par des scélérats qui convoitaient ses dépouilles. Après l'avoir poussé au bord de l'abîme, ils n'ont pas rougi de l'y précipiter en le dénonçant lâchement.

— C'est l'histoire de la plupart d'entre nous, répondit Châteauneuf. Une autre de ces cages a vu passer les malheureux enfants du duc de Nemours. Chaque jour les geôliers se jouaient de ces innocentes victimes en leur causant d'atroces frayeurs. Il paraît qu'en outre, chaque semaine, le bourreau venait leur arracher une dent. Leur père a vécu également dans ces affreux cabanons, jusqu'à ce qu'il pérît sur l'échafaud; il en a été de même du connétable de Saint-Pol, du comte de Fezenzac et d'une foule d'autres seigneurs.

— Et vous, messire, comment êtes-vous tombé aux mains de notre plus cruel ennemi?

— Vous vous souvenez, sans doute, comment Louis, n'étant encore que Dauphin, vint à la cour du duc Philippe-le-Bon, où le comte de Charolais, fils du prince, et nous tous l'accueillîmes avec tant de courtoisie.

— Ces circonstances sont encore présentes à mon esprit.

— L'homme qui avait fui le palais de son père et donné à Charles VII de mortels déplaisirs, monta sur le trône en 1461. A peine eut-il le front ceint du diadème, qu'il prépara l'exécution des desseins secrets qu'il nourrissait depuis longtemps.

« Agé de trente-six ans, et, par conséquent, dans toute la force de l'âge, Louis monta au rang suprême avec la ferme résolution d'accroître encore le pouvoir royal et d'abaisser les grands vassaux. Louis, qu'on ne connaissait guère que par ses goûts vulgaires et son opiniâtreté, déploya aussitôt les ressources d'un esprit supérieur, une activité inquiète, une intelligence merveilleuse des affaires. Il s'empressa de destituer les officiers de son père, de changer les sénéchaux et les baillis, pour s'entourer de petites gens à qui il conférait les charges. Il exigea avec rigueur de la noblesse les aides coutumières, et lui enleva son plus beau droit, la marque de son ancienne souveraineté, son amusement favori, le droit de chasse. On le vit augmenter les impôts, réprimer les soulèvements occasionnés par ces innovations, et se montrer inflexible envers les perturbateurs de l'ordre public.

» Nos princes organisèrent alors la ligue dite du bien public, à la tête de laquelle se placèrent le comte de Charolais, les ducs de Bretagne, de Bourbon, de Lorraine, d'Alençon, de Nemours, le sire d'Albret, le comte de Dunois, le comte de Saint-Pol et beaucoup d'autres seigneurs. Un plan redoutable fut combiné : le duc de Bourbon devait marcher sur le Berry, en ralliant le prince d'Armagnac et notre maréchal de Bourgogne ; le duc de Bretagne avait promis de traverser l'Anjou ; le comte de Charolais se proposait d'arriver par la Picardie ; le duc de Calabre était convenu de s'avancer en Champagne avec une armée de Lorrains et d'Italiens. Tous ensemble, forts de soixante mille hommes, espéraient, en agissant de concert, enfermer Louis XI dans Paris.

» Mais les princes avaient affaire à un fin renard, à un homme dont ils ne connaissaient point encore la prodigieuse habileté. Le roi déjoua le plan formé contre lui en se portant rapidement sur les Etats des confédérés.

» Seul, le comte de Charolais ne se découragea pas ; il marcha en avant et s'avança hardiment jusque sous les murs de Paris. Trop faible pour emporter d'assaut cette grande ville, il m'y envoya avec plusieurs de ses plus habiles compagnons, nous donnant pour mission de nouer des intelligences dans là place, et d'y préparer un soulèvement en sa faveur.

» Ayant réussi à nous introduire dans la cité, nous commençâmes sur-le-champ à travailler l'esprit de la population, et à conquérir quelque influence sur le gouverneur, Charles de Melun, homme irrésolu.

» Pendant que nous étions dans Paris, occupés à cette œuvre, Louis XI accourut avec ses troupes; les deux armées se rencontrèrent à Montlhéry ; mais il arriva une chose étrange et qui prouve à quel point on avait perdu l'habitude de la guerre : les soldats s'enfuirent des deux côtés, et on ne sut à qui restait la victoire. »

— C'est nous qui fûmes vainqueurs! s'écria le comte de Chimay que ce souvenir exalta.

— Je n'oserais l'affirmer, reprit le vicomte de Châteauneuf.

— Rien de plus certain : le roi et ses hommes d'armes se retirèrent sur Corbeil, tandis que le comte de Charolais resta maître du champ de bataille, qu'il occupa à la manière des anciens chevaliers. Des hérauts sonnèrent de la trompette et crièrent aux carrefours du camp que s'il était encore quelqu'un qui requît leur maître en bataille, il était prêt à le recevoir.

— Oui, reprit amèrement le vicomte de Châteauneuf, ce que vous dites est vrai. Louis, peu jaloux de ces pompeuses et vaines apparences, laissa son adversaire sonner de la trompette, rentra dans Paris où il annula l'influence bourguignone en abolissant les aides et en composant un conseil de bourgeois, dans « la ville du monde qu'il aimait le mieux. » Il ne craignit pas de me faire arrêter, et il ordonna de me jeter dans les cachots où je languis depuis près de vingt ans.

Le vicomte de Châteauneuf termina là son récit; il avait répondu à la question de son ancien ami, et il lui avait révélé comment il avait eu le malheur de tomber en la puissance de Louis XI.

Voyant que le comte de Chimay se taisait, il ajouta :

— Il me serait agréable, messire, d'apprendre de votre bouche les événements nombreux qui se sont produits depuis le moment fatal où j'ai été, pour ainsi dire, retranché du nombre des vivants.

— Vous serez satisfait, répondit Claude; j'ai été acteur dans la plupart de ces événements, et le témoin de tous.

— Parlez-moi surtout de notre chère Bourgogne.

Le comte de Chimay, touché des longs malheurs de Raoul, s'empressa d'accéder à son désir.

— Je reprendrai les faits, dit-il, où vous les avez laissés, à la révolution opérée par Louis dans Paris. La ligue, déjouée un instant, se reforma promptement. Les princes réunirent une armée formidable. Rouen se livra au duc de Bourbon; Evreux, Caen, toutes les villes qui tenaient sur la Somme suivirent cet exemple. Le roi, entouré de traîtres, incertain de Paris, se décida à négocier.

« Par ce traité, qui fut signé à Conflans, il rendait au comte de Charolais, pour lui et son premier héritier, les villes de la Somme et le comté de Boulogne; les autres princes obtinrent en proportion de leur puissance : chacun eut sa part, chacun emporta sa pièce.

» Le frère du roi, Charles de France, notre allié dans cette guerre, eut la Normandie avec le droit de la transmettre à ses hoirs.

» Nous avions vaincu Louis XI, mais il sut mettre la leçon à profit, et il s'appliqua dès lors à dissoudre la ligue des seigneurs. Dans cette tâche ardue, il montra une adresse incomparable, une tactique merveilleuse pour isoler les intérêts, un art consommé pour séduire et corrompre. Il employa tous les moyens en son pouvoir, ramena à lui les plus actifs et les plus dangereux de ses ennemis, et reprit sans crainte la Normandie.

» Charles de France, dépossédé, nous appela vainement à son secours; le comte de Charolais était occupé au siége de Dinant, et il ne lui était pas loisible de recommencer la lutte. Mais Philippe-le-Bon étant venu à mourir cette année-là (1467), Charles ceignit la couronne ducale de Bourgogne et tenta immédiatement de reconstituer la ligue. Malheureusement, au moment d'agir, la révolte des Liégeois, fomentée par Louis, le retint dans ses Etats.

» Le roi de France profita de cette diversion ; il fit sanctionner toutes ses innovations par les Etats-Généraux réunis à Tours, fit déclarer le duc de Bretagne traître au pays, prit ce prince à l'improviste, et lui imposa le traité d'Ancenis, par lequel il s'engageait à abjurer toute autre alliance que celle de Louis.

» A la nouvelle de ce traité, Charles entra dans une violente colère. Il se voyait menacé à son tour d'une invasion soudaine, car Dammartin occupait la frontière bourguigonne à la tête d'une armée bien équipée.

» Toutefois, Louis XI n'osant hasarder la bataille, prit un étrange parti, qui faillit lui tourner à mal; il vint, presque sans escorte, trouver notre maître à Péronne, pour marquer plus de confiance, comptant sur l'habileté de sa parole et sur ses finesses pour circonvenir le duc Charles.

» Les conférences étaient commencées quand arriva la nouvelle que les Liégeois soulevés avaient arboré la bannière du roi, chassé l'évêque, massacré les chanoines et l'archiduc. Il était notoire que tout cela s'était fait à l'instigation de Louis.

» La fureur de Charles fut inexprimable ; peu s'en fallut qu'il ne se défît du roi ou qu'il ne le privât de sa liberté. Louis XI se crut perdu ; confiné dans le château de Péronne, il voyait la tour où était mort Charles-le-Simple, prisonnier de Héribert de Vermandois. Il se tira à force d'adresse du piége où il s'était pris lui-même par son imprudence. Les conseillers du duc de Bourgogne, entre autres Philippe de Comines, furent gagnés à prix d'argent.

» Cependant le roi ne recouvra pas sa liberté sans avoir signé un traité qui donnait à son frère en apanage la Champagne et la Brie, dégageait le duc de tout devoir de vassalité, et autorisait ses alliances avec les seigneurs et les princes étrangers. Pour comble de honte, il lui fallut marcher contre ses alliés les Liégeois. Il fit bonne contenance, prit la croix de Saint-André, les assiégés arborant les fleurs de lis, et monta à l'assaut en criant : « Vive Bourgogne ! » La ville non défendue fut froidement mise à sac. Louis XI alors rentra librement en France.

» Il usa de toute sa stratégie de finesse et de ruse pour éluder ce désastreux traité. Le premier point pour lui, c'était de ne point se dessaisir de la Champagne ; « pour rien il ne délibérait bâiller le partage qu'il avait promis à son frère ; car il ne voulait point son dit frère et le duc être si près voisins. » Il lui offrit en échange de la Champagne l'immense et riche duché de Guyenne, puis ils eurent une entrevue. Louis représenta affectueusement à son frère qu'il était son unique héritier, héritier d'un malade qui ne devait pas le faire longtemps attendre; qu'il travaillait contre lui-même en aidant à dépouiller et à humilier d'avance une couronne qui devait bientôt lui revenir. Le jeune prince se laissa persuader et accepta la Guyenne.

» Après ce coup de maître, Louis XI travailla activement à affaiblir le parti féodal et à isoler le duc de Bourgogne par un habile système d'alliances. Il opposa à l'ordre de la *Toison d'or* celui de *Saint-Michel,* qui astreignait ses membres à des devoirs très-étroits envers le roi, chef de l'ordre. Dammartin marcha contre le comte d'Armagnac et le duc de Nemours qui remuaient dans le Midi, adjoignit le Bigorre au duché de Guyenne, et réunit à la couronne l'Armagnac et le Rouergue.

» De son côté, Louis forçait le duc de Bourgogne à se lier à lui par le traité d'Angers. En même temps, il consolidait ses alliances avec les Suisses, les Ecossais et le duc de Milan.

» En deux années, il réussit à isoler le duc Charles. Se sentant assez fort pour déchirer le traité de Péronne, il convoqua à Tours une assemblée de notables qui déclara le duc de Bourgogne traître envers le roi et le royaume, « et il fut conclu que le duc serait ajourné à comparoir en personne au Parlement de Paris, et on lui dépêcha un huissier du Parlement qui l'ajourna en la ville de Gand, comme il allait ouïr la messe; il en fut ébahi et mal content, et il fit prendre et emprisonner le dit huissier. »

» Aussitôt le roi attaqua les villes de la Somme et s'empara d'Amiens. Mais une nouvelle ligue se formait autour de Charles de Guyenne, déçu dans ses espérances de la couronne par la naissance d'un Dauphin (1470). Elle comprenait tous les grands feudataires, se proposant de substituer Charles de Guyenne à Louis XI et de démembrer la France. « J'aime mieux le bien du royaume qu'on ne pense, disait le duc de Bourgogne, car pour un roi qu'il y a j'en voudrais six. »

» Louis offrit à son frère la lieutenance du royaume, la main de sa fille et quatre nouvelles provinces. Il fut repoussé dans ses tentatives de conciliation, mais ne perdit pas courage ; il négociait sans relâche pour gagner du temps, renforçait ses troupes, et intéressait à sa cause les populations.

» Néanmoins, la partie était difficile à gagner, à moins que Charles de Guyenne, malade depuis huit mois de la fièvre quarte, ne vînt à mourir. Charles mourut juste à point, en 1472. On cria au fratricide. Toutefois, je crois le roi innocent de ce crime ; son frère ne l'en soupçonna pas ; le jour même de sa mort, il le nomma son héritier, et lui demanda pardon des ennuis qu'il lui avait causés.

» Dès qu'il eut appris que son frère n'était plus, le roi mit la main sur la Guyenne. Le duc de Bourgogne, furieux, se rua sur la Picardie, saccagea Nesle, où il poussa son cheval dans l'église inondée de sang ; il proféra cette parole sauvage, qui le perdit dans l'esprit des populations : « Saint-Georges ! voilà belle boucherie ; j'ai de bons bouchers. » Devant de telles horreurs, les villes se défendirent à outrance. A Beauvais, une jeune fille, Jeanne Hachette, arracha un étendard déjà planté sur les créneaux et repoussa l'ennemi. En vain le duc épuisa ses troupes en assauts terribles ; il dut quitter la place. En Normandie, il échoua encore devant Rouen et devant Dieppe. Dégoûté d'une campagne si désastreuse, impatient d'exécuter ses nouveaux desseins sur l'Allemagne, il signa avec Louis XI la trêve de Senlis.

» Charles, connu désormais sous le surnom de Téméraire, agitait d'immenses projets. Il voyait ses Etats vastes et riches, mais différents de races, de mœurs, de langue, et séparés les uns des autres. Il pensait à constituer fortement cet assemblage d'éléments divers, et négociait avec l'empereur pour en obtenir le titre de roi de *Gaule-Belgique,* afin de s'affranchir de la double dépendance de la France et de l'empire.

» Ces vastes entreprises paraissaient sur le point de réussir. Tous, nous croyions celui qu'on appelait déjà le *Grand duc de l'Occident,* à la veille de devenir le plus puissant prince de l'Europe.

» Mais Louis XI épiait le moment d'agir pour enrayer ce développement formidable d'une royauté rivale. Il se hâta de frapper par des coups mortels les principales maisons féodales, en même temps que, par une sourde et active diplomatie il entravait le duc de Bourgogne dans l'exécution de ses projets. A chaque pas il suscitait à Charles un obstacle ; il excita l'empereur à rompre avec lui, et, le matin même du jour où le duc devait recevoir la couronne royale dans la ville de Trèves, Frédéric III s'enfuit.

» Charles, irrité de se voir ainsi traversé sans cesse, suscita contre le roi une nouvelle coalition, de concert avec les princes angevins et le duc de Bretagne. Mais au lieu d'aider ses alliés, il alla attaquer Neuss, sous les murs de laquelle il resta onze mois sans succès.

» Bientôt le duc de Bretagne s'accommoda avec le roi ; et le duc de Bourgogne, se voyant seul à soutenir une guerre si mal commencée, se décida à traiter à son tour. Louis XI lui restitua la Picardie, et Charles livra le connétable de Saint-Pol, qui depuis longues années excitait les deux princes l'un contre l'autre, en les trahissant tous deux. Saint-Pol, arrêté à Mons, fut mené à Paris et décapité en Grève.

» Le duc Charles se hâta d'envahir la Lorraine. Il entra à Nancy après un assez long siége, et se prépara à se venger des Suisses, alliés du jeune René de Lorraine et de Louis XI, de ces Suisses insolents qui avaient décapité son avoyer Hagenbach et battu le comte de Romont, l'un de ses généraux. Dans son impatience, il entra en campagne au milieu de l'hiver. Les Suisses effrayés lui demandèrent la paix, offrant de renoncer à toute autre alliance que la sienne et de lui fournir un corps d'infanterie auxiliaire. Charles resta inflexible.

» A son premier pas dans la Suisse, il fut arrêté vingt jours par le château de Grandson. Mais les confédérés n'arrivèrent que pour voir leurs compatriotes pendus aux créneaux ou noyés dans le lac. Le duc attaqua avec une téméraire fureur; impatient du peu d'effet de son artillerie, il donna lui-même en tête avec son infanterie, pendant que sa cavalerie prenait l'ennemi en flanc.

» Les Suisses, qui s'étaient jetés à genoux un instant pour prier, se relevèrent, leurs longues piques de dix-huit pieds enfoncées en terre et la pointe en avant. Tous les efforts vinrent se briser contre ce rempart de fer. Tout à coup, on entendit mugir les trompes d'Uri et d'Unterwald; une nouvelle armée suisse arrivait derrière nos troupes. Dès lors, la déroute des Bourguignons commença. Notre camp tomba au pouvoir de l'ennemi.

» Après quelque temps de séjour à Lausanne, le duc, ayant repris courage, assembla une nouvelle armée et rentra en Suisse. Il assiégea Morat, qui résista à dix assauts et permit aux confédérés d'arriver. Les forces étaient égales : vingt-quatre mille hommes de l'un et de l'autre côté. Les Suisses attaquèrent les retranchements de Charles aux cris de : « Grandson ! Grandson ! » s'emparèrent des canons et les tournèrent contre nous. Attaqués de toutes parts, les nôtres ne voyaient plus d'issue pour la fuite. Le duc combattit en désespéré. Sa garde se fit tuer à ses côtés. Le reste de l'armée, poussé dans le lac qui longeait à gauche le champ de bataille, fut tué ou noyé. Avec les ossements de nos malheureux soldats tombés dans cette funeste journée, les Suisses élevèrent une sorte de chapelle qu'on appelle l'*Ossuaire de Morat*.

» Charles se retira en Franche-Comté, silencieux et sombre, ne voulant voir personne, laissant sa barbe longue, déchiré et souillé, tel que la bataille l'avait fait.

» Pendant ce temps, Louis XI donnait de l'argent à René pour que ce jeune prince reconquît son duché de Lorraine.

» Charles sortit enfin de sa stupeur et vint assiéger Nancy, qui s'était déclaré contre lui. Bientôt arriva René avec vingt mille Suisses, Lorrains, Alsaciens et Français. Le duc, qui avait au plus quatre mille hommes, ne voulut pas qu'on pût dire qu'il avait fui devant un enfant ; il s'obstina à combattre, disant qu'il combattrait seul s'il le fallait. Comme il mettait son casque, le cimier tomba de lui-même.

» — C'est le signe de Dieu, dit-il.

» Il attaqua le premier ; son artillerie eut à peine le temps de tirer un coup ; les piétons, pris en flanc, lâchèrent pied ; les cavaliers glissaient sur la neige glacée et tombaient. Campo-Basso, le chef de ses

Italiens, le trahit. Ce ne fut qu'une déroute. Deux jours après, on trouva son corps engagé dans la glace d'un ruisseau, percé d'outre en outre, déjà entamé par les loups. Le duc de Lorraine lui fit faire de somptueuses funérailles, et lui prenant la main, il dit :

» — Et dà! beau cousin, Dieu ait en paix votre âme! vous nous avez fait moult maux et douleurs.

» Pendant longtemps on refusa de croire à la mort du grand duc de l'Occident ; on le disait caché ; on passait des marchés à crédit, à condition d'être payé double à son retour. Mais il était bien mort, et avec lui périssait la maison de Bourgogne. »

Ici, le comte de Chimay s'interrompit. Châteauneuf, pensant qu'il avait cru entendre quelque bruit, lui dit :

— Ne craignez rien, messire ; j'ai l'habitude de cette prison ; mon oreille, devenue subtile, perçoit jusqu'aux moindres sons : nous sommes seuls.

— Ce n'est pas un sentiment de prudence qui m'arrête, répondit Claude d'une voix étouffée ; mais je ne puis rappeler à mon souvenir la catastrophe qui a détruit l'illustre maison de Bourgogne sans verser des larmes.

— Hélas! soupira le vicomte de Châteauneuf, maîtres et serviteurs ont vu passer sur eux les colères du Seigneur.

Le comte de Chimay, s'étant remis, continua son récit :

— Lorsque Louis XI apprit la mort de son cousin Charles, il promit, dans sa joie, à saint Martin de Tours, de changer en une grille d'argent le treillis de fer qui entourait sa châsse. Désormais il se sentait seul roi de France. Les nobles furent consternés ; ils comprenaient que leur règne était passé.

« Le duc de Bourgogne ne laissait qu'une fille, Marie, âgée de vingt ans. Le roi annonça aussitôt le projet de marier la noble damoiselle avec le Dauphin, qui n'avait que huit ans. Puis il fit occuper par ses troupes la Bourgogne, la Franche-Comté, les villes de la Somme et de l'Artois, comme fiefs masculins devant revenir à la couronne par droit de déshérence. »

— Ainsi, observa Raoul de Châteauneuf, la maison de Bourgogne est éteinte pour nous : puisqu'il ne reste qu'une fille, Louis devient l'héritier du beau et puissant duché.

— Il ne le tient pas encore dans ses mains avides, murmura le comte de Chimay.

— Il n'en saurait être autrement, reprit le vicomte.

— C'est ce que nous verrons. Mais permettez que j'achève. Seule et sans appui, au milieu des exigences de ses difficiles sujets, au milieu des intrigues de son conseil divisé entre un mariage anglais et un mariage allemand, Marie de Bourgogne se décida par elle-même, déclarant qu'elle attendrait le Dauphin et qu'elle s'appuierait sur Louis. Le roi trahit indignement la confiance de la princesse : il ne voulut pas attendre le lointain et douteux mariage de son fils avec l'héritière des Pays-Bas. Dans son étroite et impatiente ambition, il n'eut qu'une idée : démembrer au plus vite l'héritage de Charles. Les embarras où se trouvait Marie vis-à-vis des Flamands, lui parurent une excellente occasion. Il se fit autoriser secrètement par elle à occuper Arras, et remit ses lettres aux députés de Gand, comme preuve qu'elle trahissait les intérêts de la Flandre. Il en résulta à Gand une effroyable sédition. Les sires d'Hugonet et d'Himbercourt, conseillers de Marie, furent saisis, condamnés par le conseil des bourgeois et exécutés, malgré les efforts de la jeune duchesse qui, se jetant sur la place du Marché, suppliait le peuple, les larmes aux yeux et tout échevelée, qu'il lui plût avoir pitié de ses deux serviteurs.

« Elle n'oublia jamais cette scène qui lui laissa une profonde aversion pour Louis XI, et elle se prononça en faveur de l'archiduc Maximilien, qui avait dix-huit ans et qu'elle épousa.

» Cependant les deux Bourgognes, pressurées par les agents du roi, se mirent en pleine révolte : il fallut évacuer la Flandre. Arras se soulevait; Maximilien armait. Louis soutint vivement la guerre; mais tandis qu'il était victorieux en Franche-Comté, il éprouva dans le Nord la défaite de Guinegate (1479). Toutefois, l'archiduc n'a pu profiter de sa victoire. La mort de Marie de Bourgogne, à la suite d'une chute de cheval, a rendu sa position difficile. Les Gantois se sont emparés de ses jeunes enfants, Philippe et Marguerite, et lui ont imposé un conseil de régence. Le roi de France alors a proposé de marier la fille de Marie, la princesse Marguerite, avec le Dauphin, et les Flamands, fatigués de la guerre, ont forcé Maximilien de signer le traité d'Arras, par lequel il cède l'Artois et la Franche-Comté, comme dot de sa fille Marguerite fiancée au Dauphin Charles (1482). »

— Ainsi, dit douloureusement Châteauneuf, toutes les vastes possessions de nos vaillants maîtres passeront aux mains des Valois?

— Espérons qu'il n'en sera pas ainsi.

— Comment cela?

— Parce que, répondit d'une voix très-basse le comte de Chimay, il existe un descendant des ducs de Bourgogne.

— Est-ce donc possible?

— Parfaitement.

— Quel est cet héritier de nos princes?

— Il est ici. C'est Jean de Saint-Yon, mon compagnon de chaîne.

— Hélas! soupira le vicomte, il est en mauvais lieu, et je crains fort que son titre ne lui devienne fatal.

— Au contraire.

— Expliquez-vous.

— Il ne s'agit que de démontrer publiquement le lignage de Jean. Cela fait, et l'héritier du duc de Bourgogne reconnu, Louis n'osera jamais le faire périr.

— S'il est le fils légitime de Charles, reprit Châteauneuf, qu'est-il besoin de preuves? sa naissance n'est-elle pas avérée?

— Pour moi et mes amis, il n'y a pas de doute : Jean est bien le fils de Charles-le-Téméraire. Il suffit de le voir, d'ailleurs, pour en être convaincu; la ressemblance du jeune homme avec le malheureux duc est frappante; il existe de plus certaines analogies qui confirment nos croyances sur ce point, et qui attestent la réalité de la parenté.

— Puissiez-vous être dans le vrai, messire! répliqua le vicomte. Je serais heureux de connaître l'histoire de ce mystérieux adolescent. Voyez-vous quelque inconvénient à me la raconter?

— Aucun, loin de là. Il y a vingt-sept ans, un enfant de trois mois fut trouvé au château de Saint-Yon, en Anjou, qui venait d'être acheté au nom du nouveau-né. L'enfant était là seul avec une nourrice et quelques serviteurs recrutés par un inconnu. On les interrogea, mais ils ignoraient l'origine de leur jeune maître. Toutefois, ils veillèrent sur lui et le servirent avec zèle.

« L'enfant avait quatre ans quand je le vis pour la première fois, et sa figure gracieuse me frappa sur-le-champ. Puis, je remarquai des traits de ressemblance avec le duc lorsqu'il était encore enfant. Ces observations piquèrent ma curiosité, et je visitai souvent Jean de Saint-Yon ; je m'habituai à lui et je le traitai comme un fils.

» Mais sa ressemblance avec Charles devenait de jour en jour plus extraordinaire. Je soupçonnai qu'il pouvait y avoir quelque parenté entre eux, et je finis par communiquer au duc mes pensées à cet égard. Il entra dans une violente colère et me traita d'insensé.

» — Ne me parlez jamais de cet enfant ! s'écria-t-il, vous m'offenseriez gravement.

» — Je me tairai, monseigneur, répondis-je. Mais exigez-vous donc que je cesse de le voir?

» — Tenez-vous à conserver des rapports avec lui?

» — Je suis attaché à cet enfant inconnu, et j'avouerai que mon cœur serait brisé, s'il fallait me séparer de lui pour toujours.

» — Je vous permets de vous en occuper comme par le passé ; mais, au nom du Ciel, ne rappelez, en aucune circonstance, son souvenir en ma présence.

» — Il sera fait, monseigneur, comme vous le désirez.

» Je parlai ensuite de cet enfant à la duchesse ; elle pleura et garda le silence. Depuis, le duc et sa noble épouse sont morts, emportant leur secret dans la tombe. Tant que Marie de Bourgogne vécut, je me tus. Mais à la mort de la princesse, voyant l'héritage de Charles morcelé et menacé de tomber aux mains de Louis ou en celles des princes d'Autriche, je fis épouser à Jean une jeune fille de haute origine, et je conduisis l'adolescent à mes amis. Ils furent frappés comme moi de sa ressemblance avec notre grand et malheureux duc, et ils s'associèrent à mes convictions. Les seigneurs de la Bourgogne avertis, nous ordonnèrent de leur amener le jeune homme. »

— Qui vous a empêché de le faire?

— Nous étions en route pour Beaune, Jean de Saint-Yon et moi, quand les émissaires de Louis nous arrêtèrent.

— Pour quel motif le roi s'est-il emparé de vous?

— Une partie de la vérité avait sans doute transpiré.

— S'il en est ainsi, à quoi servira une ressemblance, trompeuse peut-être et dénuée de preuves solides, inébranlables?

— Ces preuves, nous les aurons; nous sommes certains qu'elles existent.

— Où sont-elles?

— Vous m'avez dit qu'ici les murs avaient des oreilles. Je ne voudrais vous confier que tout bas ce secret d'où dépend la destinée de notre parti.

— Vous avez raison, dit Raoul, soyez prudent. Je m'intéresse comme vous à ce malheureux rejeton des ducs de Bourgogne. Je souhaite ardemment le voir triompher du mystère qui l'enveloppe et de ses cruels ennemis.

— Si le hasard veut que nous soyons un instant rapprochés, je vous dirai tout.

— Merci, messire, de votre confiance. Mais parlez-moi encore du roi Louis, notre persécuteur. Que devient-il?

— Il habite, pour le moment, ce château du Plessis. Il est malade et s'affaiblit visiblement, bien que son esprit n'ait jamais été plus actif. Triste vieillesse, qui est l'expiation du passé! Chaque jour le prince est plus sombre et plus inquiet, il voit partout des ennemis et des complots; par un retour sur sa propre jeunesse, pendant laquelle il affligea si cruellement son père, il craint de se voir appliquer la peine du talion, et il se défie de son fils, de sa fille, du sire de Beaujeu, son gendre. Il demeure emprisonné dans ce château fortifié et gardé comme une place assiégée. Il croit voir sans cesse des conspirateurs, et il redoute que l'autorité ne vienne à s'échapper de ses mains affaiblies par le mal plutôt que par l'âge.

« Louis, semblable aux tyrans de l'antiquité, subit comme eux la peine de ses œuvres sanglantes; il doit, comme eux, être poursuivi par les images de ses victimes. Durant ses longues nuits sans sommeil, de lugubres fantômes assiégent sa couche pleine d'angoisses. Il nous poursuit de sa haine implacable; mais Dieu nous venge. »

Le comte de Chimay fut interrompu par quelque bruit qui se fit dans le couloir qui séparait les cages de fer. Il se tut et son compagnon l'imita.

IV

A BEAUNE.

Le comte de Nassau, les sires de Torcy et de Cravant, délivrés à Blois par les ordres de Louis qui ne voulait point pousser à bout le parti bourguignon par trop de rigueur, ne tardèrent pas à quitter les Etats du roi, où ils ne se sentaient que médiocrement en sûreté. Ils se hâtèrent de regagner le duché de Bourgogne, et se dirigèrent du côté de Beaune.

Malgré l'arrestation de Claude de Chimay et de son jeune protégé, ces seigneurs n'en persistèrent pas moins dans les projets arrêtés avec le comte, et ils ne se considérèrent point comme dégagés de leur mission. Ils résolurent de poursuivre énergiquement l'œuvre commencée quelques jours auparavant, et de déployer d'autant plus d'activité que le salut de leurs deux compagnons en dépendait peut-être.

Ils se présentèrent à Beaune, dans l'assemblée des principaux chefs bourguignons. Ceux-ci, informés qu'il existait un héritier de Charles-le-Téméraire, refusèrent d'abord d'ajouter foi à cette nouvelle; puis ils mandèrent le prétendant, afin de juger par eux-mêmes du degré de confiance que méritaient ses allégations. Ils attendaient donc avec impatience au château de Beaune le comte de Chimay et celui que le vieillard nommait son jeune maître. Ils avaient au milieu d'eux le vieux comte de Romont, l'un des plus fidèles, mais aussi l'un des plus téméraires capitaines de Charles ; c'était un homme imprudent, violent, irascible, dont la vieillesse n'avait point adouci les mœurs farouches ni mûri l'expérience. Malgré ses cheveux blancs et les infirmités de l'âge, il était toujours ce sauvage gouverneur qui avait fait pendre, écorcher, rouer vifs les citoyens des cantons suisses.

A l'arrivée des trois seigneurs venus de l'Anjou, le comte de Romont fronça le sourcil ; et, attachant sur eux son regard glauque et sinistre :

— Vous venez seuls? demanda-t-il d'une voix rude.

— Vous le voyez, messire.

— Où donc est ce jeune homme que nous avions mandé, et qu'on prétend être le fils de Charles, le grand duc de Bourgogne?

— Il est tombé aux mains de Louis XI, avec son gouverneur le comte de Chimay, tandis que l'un et l'autre se hâtaient de venir vous trouver, répondit le comte de Nassau.

— Quel malheur! hurla le comte de Romont en se levant et en frappant avec rage la terre du pied. Toujours ce roi exécré! quand donc le Ciel en purgera-t-il la terre?

Le comte de Nassau augura bien de cet éclat de colère pour le succès de sa mission. Interrogé par les seigneurs, il raconta comment s'était fait le coup, et l'impossibilité où la petite troupe dont il faisait partie avait été de résister.

— Dans quelle partie de la France a-t-on emmené les prisonniers? demanda le comte de Romont.

— Au Plessis-lès-Tours, sans aucun doute.

— Et vous prétendez que ce jeune homme est le fils du duc Charles?

— Nous avons à cet égard les plus fortes présomptions. Pour moi, je suis entièrement convaincu.

— Votre certitude me dispose en faveur du prétendant. Il est posible que le duc ait laissé un fils; je désire vivement qu'il en soit ainsi.

— Ce sont là nos sentiments à tous, dirent un grand nombre de voix.

— Je le sais, poursuivit le comte de Romont; mais un simple vœu ne suffit pas pour créer un prince de la noble maison de Bourgogne. Il nous faut des garanties, des preuves que le prétendant appartient réellement à la famille de l'infortuné Charles.

— Oserait-il se présenter à vous comme tel, dit le sire de Torcy, s'il n'était point ce qu'il assure?

— Ce ne serait pas la première fois, reprit le comte de Romont, qu'un imposteur surgirait pour réclamer une succession vacante. La couronne ducale a de quoi tenter une jeune ambition.

— Jean de Saint-Yon est de bonne foi, répondit le comte de Nassau.

— Démontrez-le.

— J'essaierai de le faire, et cela me sera facile. Le jeune homme est incapable de tromper, et, tout à l'heure, vous porterez avec moi le même jugement; nous qui avons eu le bonheur de le voir, de l'entendre, de le connaître, nous ne saurions douter de sa loyauté. Habitué dès l'enfance à une vie calme, retirée, il se plaisait dans son manoir, et son ambition était d'y couler doucement ses jours. J'étais présent lorsque le comte de Chimay lui révéla le mystère de sa naissance; il pâlit, se troubla, et refusa longtemps de revendiquer les droits qui résultent de son titre. Il fallut nos instances, presque nos violences, pour l'arracher à son tranquille foyer. Il venait d'épouser une jeune fille d'illustre origine, et il n'aspirait qu'à jouir des joies pures de la famille.

— A ce récit, dit le comte de Romont, je ne reconnais point le sang impétueux, les instincts indomptables du Téméraire.

— Cependant, messire, ne croyez pas que Jean de Saint-Yon soit lâche ou timide; il a toute la fierté des princes de Bourgogne; à la dignité de leur maintien, il joint une âme intrépide, qui, dans une bataille, se jouerait du danger. Mais il doutait de nos paroles.

— De votre appui, de vos promesses, voulez-vous dire?

— Non, il n'ignorait pas que nous étions tous des guerriers loyaux, et la seule présence du comte de Chimay eût suffi à lui inspirer toute confiance.

— De quoi doutait-il alors?

— De sa naissance.

— De sa naissance! répéta Romont dont le visage exprima un étonnement profond.

— Oui, de sa naissance.

— Cela me paraît étrange, et je ne vous comprends pas.

— C'est bien simple, cependant. Jean, qui entendait parler pour la première fois de son origine mystérieuse et de sa haute filiation, se montra difficile sur les preuves et parut ne point les accepter.

— Elles ne sont donc point péremptoires ?

— A ses yeux, peut-être. Mais le comte de Chimay, plusieurs autres seigneurs, sages et expérimentés dans la vie, les regardaient comme incontestables.

— Cependant, quoiqu'il ne crût pas à sa descendance de la maison de Bourgogne, Jean de Saint-Yon a consenti à jouer le rôle de prétendant ?

— Il a cédé aux instances de Claude de Chimay et aux miennes.

— De la sorte, il se fût posé en héritier de Charles, bien que se regardant comme étranger à sa famille.

— Permettez-moi, ajouta le comte de Romont, de blâmer une telle résolution.

— Pour quel motif?

— Il n'est pas loyal, selon moi, de rechercher un héritage sur lequel on n'a aucun droit.

— Remarquez que nous lui faisions tous une sorte de violence morale.

— Il n'importe.

— En outre, une raison puissante l'a déterminé à accéder à nos vœux.

— Laquelle ?

— Il espérait pénétrer le mystère de sa naissance. Il n'admettait pas nos affirmations, mais il ne les repoussait pas non plus : il doutait. Cette situation d'esprit si pénible en toute circonstance, mais principalement quand il s'agit du nom que l'on porte ou que l'on devrait porter, excuse, ce me semble, le parti embrassé par le jeune comte. Au surplus, nous l'assurâmes maintes fois que nous lui procurerions les titres de sa naissance princière.

— Voilà, en effet, le point capital.

— Nous sommes tous d'accord avec vous.

— Mais ces témoignages, où les trouver ?

— Ils existent.

— Dans quel lieu? Entre les mains de qui? Le savez-vous?

— Je le sais.

— Eh bien! parlez ouvertement, si vous voulez que nous ayons confiance en la naissance de ce jeune homme.

— Adressez-moi, messire, les questions que vous jugerez convenables, je tâcherai d'y répondre de mon mieux.

— Vous avez dit que les preuves de la haute naissance du comte de Saint-Yon existaient.

— Je le répète encore, car c'est la vérité.

— Exposez-les, ces preuves, afin que nous jugions tous ensemble de leur valeur.

— Je ne les possède pas personnellement.

— Est-ce une attestation verbale ou écrite?

— C'est une attestation écrite.

— Je préfère cette dernière; veuillez donc la montrer.

— Elle est aux mains d'un homme réfugié en Picardie ou en Artois.

— Etes-vous en rapport avec cet homme?

— Nullement.

— S'il en est ainsi, comment vous y prendrez-vous pour faire la démonstration indispensable?

— Nos émissaires sont à la recherche de l'important document. J'ai des raisons de croire qu'ils ne tarderont guère à le découvrir, car ils sont sur sa trace.

— Qu'avez-vous à nous proposer maintenant? demanda le comte de Romont visiblement déçu dans son attente.

— De vous en rapporter provisoirement à notre témoignage. Je crois pouvoir dire sans orgueil qu'il mérite quelque considération. Nous avons vécu dans l'intimité du duc Charles, et nous avons étudié le visage, les habitudes, les aspirations de Jean de Saint-Yon. Or, nous ne craignons pas de l'affirmer : nous sommes persuadés que ce jeune homme descend des princes de Bourgogne.

— Ne plaideriez-vous pas, messire, votre propre cause? demanda l'un des seigneurs bourguignons groupés autour du comte de Romont.

— Qu'entendez-vous par là?

— Que peut-être vous avez quelque intérêt à la fortune du sire de Saint-Yon.

— L'homme qui me taxe d'ambition me connaît mal, s'écria le comte de Nassau ; ma vie tout entière réfute ce reproche. J'en dirai autant du comte de Chimay, mon brave et malheureux ami. D'ailleurs, à l'âge où nous sommes l'un et l'autre, nos jours sont comptés, et ce n'est plus le temps des projets ambitieux. Les intérêts que nous avons engagés dans le succès de l'entreprise, sont ceux de notre pays et de l'illustre maison de Bourgogne. Mes compagnons, les sires de Torcy et de Cravant, ont acquis une réputation de dévouement désintéressé, qui me dispense de les disculper d'une perfide insinuation. Chacun sait qu'ils eussent pu devenir les favoris de notre dernier duc et servir sous sa fille ; ils ont préféré les mâles travaux de la guerre, qui donnent parfois l'immortalité, mais qui rarement enrichissent.

— Vous dites vrai, répondirent la plupart des assistants.

— En ce moment, ajouta Nassau, je n'insiste plus sur la reconnaissance provisoire du fils de Charles le Téméraire ; je ne vous adresserai qu'une prière en faveur de l'infortuné Jean de Saint-Yon, mais je la formulerai avec instance : sauvez-le de la vengeance terrible suspendue sur sa jeune tête. Souvenez-vous que c'est pour obéir à votre commandement exprès que nous l'avons tiré de son manoir pour l'amener ici. Nous nous empressions de répondre à vos ordres, quand il est tombé aux mains impitoyables des agents royaux.

— Sa vie ne court aucun risque, dit l'un des seigneurs, celui-là même qui avait élevé des doutes sur la pureté des intentions du comte.

— Vous vous trompez, répliqua Nassau. Louis ne pardonne jamais à qui peut lui nuire. Or, le comte de Saint-Yon, en se produisant sur la scène, se pose en concurrent, en rival du roi de France, pour le duché de Bourgogne. Louis se hâtera de s'en défaire. Songez quels remords, quelle honte ce serait pour nous tous si, au lendemain de la mort de Jean, arrivait la preuve convaincante qu'il a droit à nos hommages de sujets, comme fils de Charles-le-Téméraire. Nous aurions à nous reprocher d'avoir laissé périr le dernier héritier de nos malheureux maîtres, et il ne nous resterait plus qu'à courber la tête sous le joug abhorré de Louis.

Ces paroles, prononcées avec un conviction éloquente, frappèrent tous les esprits. Le comte de Romont, après avoir réfléchi un instant et consulté l'assemblée, répondit au nom des seigneurs :

— Comte de Nassau, nous ferons droit à votre requête.

— Quels moyens prendrez-vous, messire, pour délivrer ou du moins protéger Jean de Saint-Yon?

— Nous dépêcherons à Louis XI des députés, qui solliciteront un délai pour le jugement du prisonnier.

— Et s'il refuse?

— Nous le menacerons d'une guerre immédiate.

— L'expédient est-il opportun? N'accélérera-t-il

pas, au contraire, les mesures cruelles contre notre malheureux maître?

— Ne craignez rien : je connais le roi de France, fin renard s'il en fût, et qui, pour satisfaire un caprice sanglant, sa colère ou sa vengeance, ne sacrifiera jamais inutilement la paix. Il désire calmer la Bourgogne, et il ne fera rien qui doive exaspérer les ressentiments qu'il sait exister contre lui.

— Je souscris à vos propositions, messire, répondit le comte de Nassau.

— Nous profiterons du répit qui nous sera donné, ajouta Romont, pour établir les titres de Jean de Saint-Yon. S'il est prouvé qu'il est véritablement le fils de Charles, nous l'acclamerons sur-le-champ duc de Bourgogne, nous courrons aux armes, et nous marcherons sur le Plessis pour le délivrer. Si son origine demeure incertaine, nous ne risquerons pour lui ni un homme, ni un marc d'argent : nous l'abandonnerons à son sort.

Ainsi parla le comte de Romont, qui obtint l'assentiment de tous les seigneurs. L'assemblée se sépara, et chacun alla attendre à son poste les événements.

V

L'AUDIENCE ROYALE.

Conformément à la décision de l'assemblée de Beaune, une députation de seigneurs bourguignons ne tarda pas à se présenter au château de Plessis-lès-Tours. Ils étaient au nombre de huit, mais on ne permit qu'à trois de pénétrer dans le redoutable manoir. Le comte de Romont, le marquis d'Ermailles et le comte de Nassau, désignés pour le dangereux honneur de paraître devant Louis, ayant franchi de formidables grilles, arrivèrent à un guichet bas et étroit qui donnait accès dans le repaire royal. Des hommes d'armes gardaient toutes les issues. Des serviteurs du prince fouillèrent les députés : les parents mêmes du monarque n'étaient pas exempts de ces humiliantes précautions.

Les seigneurs bourguignons furent introduits dans une vaste salle, splendidement décorée et revêtue de boiseries sculptées avec art. Ils n'y virent pas d'autre porte que celle par où ils étaient entrés. Ils attendirent longtemps avec patience. Au reste, ils devaient s'estimer heureux d'avoir été admis dans ce terrible manoir, eux les chefs du parti bourguignon. Le roi n'y souffrait guère les princes et les grands. Il logeait ses conseillers et ses ministres eux-mêmes à Tours, et ne les mandait au Plessis que par nécessité, se contentant habituellement de communiquer avec eux par lettres. Il avait relégué sa femme en Dauphiné; il faisait élever son fils hors de sa vue, au château d'Amboise, et ne recevait que rarement sa fille et son gendre, le sire de Beaujeu.

Il s'entourait volontiers d'astrologues et de gens de petite condition qui lui devaient tout et que sa mort replongerait dans le néant. A peine encore se fiait-il à ceux-là, et il changeait continuellement ses valets de chambre, de peur que ses ennemis ne les corrompissent.

Les députés bourguignons étaient là depuis une heure, quand ils entendirent le grincement du fer dans une rainure; un panneau se replia dans le mur, en face d'eux, et découvrit une ouverture défendue par d'énormes barreaux de fer.

Derrière cette grille se tenait, assis dans un fauteuil, un homme à figure jaune et bilieuse qui semblait plutôt mort que vivant, tant il était maigre. Des habits magnifiques, richement brodés en or et garnis de fourrures précieuses, emmaillottaient ce squelette humain et contrastaient avec son visage en ruines.

C'était là le soupçonneux et puissant Louis XI.

A ses côtés étaient plusieurs personnages, qui ne le quittaient jamais. A droite du prince et debout, apparaissait Philippe de Comines, homme de figure grave et l'historien du roi. Il rougit légèrement à la vue des trois seigneurs bourguignons : c'est que

Comines, d'abord l'un des fidèles compagnons du Téméraire, avait abandonné son maître pour servir Louis XI. A gauche, se courbait un petit homme de tournure singulière ; il se nommait Jean Doyat ; courtisan souple et rusé, fécond en expédients, il était souvent utile au roi, qui l'appelait en plaisantant *Maître Jean des habiletés*. Deux autres personnages accompagnaient Louis. L'un était Olivier le Daim, barbier du prince, natif de Flandre et jouissant d'une grande faveur auprès du monarque; l'autre, maître Coictier, le médecin du roi.

Louis XI, maître passé dans l'art de manier la parole, interpella brusquement les Bourguignons.

— Que me veulent mes fidèles sujets de Bourgogne? demanda-t-il d'un ton doucereux, tout en s'efforçant de réprimer une quinte de la toux qui le prenait fréquemment, car il était atteint d'étisie.

— Vos fidèles sujets de Bourgogne, répondit le comte de Romont, viennent solliciter une faveur, Sire, que vous ne leur refuserez pas, j'aime à le croire.

— Vous pouvez compter sur mes bonnes dispositions, reprit le roi. De quoi s'agit-il?

— Nous sommes ici pour réclamer la liberté de notre seigneur le duc.

— Puis-je faire sortir les morts du tombeau? dit Louis en feignant de ne pas comprendre.

— Non, assurément; quelque grande que soit votre autorité, nous savons qu'elle se borne aux choses de la terre.

— Alors, que prétendez-vous?

— Sire, s'il ne vous est pas donné de tirer les morts du sépulcre, vous êtes le maître d'arracher les vivants de la prison où ils gémissent.

— Je vous ai écouté avec la plus grande attention,

messire de Romont, dit le roi; mais, par la Pâques-Dieu! je ne sais où vous en voulez venir.

— Nous demandons la liberté du jeune homme que vous avez fait jeter récemment dans vos cachots du Plessis.

— C'est du comte de Saint-Yon que vous parlez?

— Précisément.

— Eh bien! quels rapports existent entre cet écervelé et vos anciens maîtres?

— Jean de Saint-Yon passe pour être le fils de Charles-le-Téméraire.

— Ne le croyez pas; c'est un imposteur.

— Nous l'ignorons, et c'est pour cela que, dans le doute, nous voudrions le voir élargi.

— Impossible.

— Pourquoi?

— Je ne dois compte qu'à Dieu de mes actes; pourtant, je consens à vous satisfaire. J'ai des desseins sur cet aventurier.

— Quelles sont vos intentions?

— Je lui ferai subir le châtiment qu'il mérite pour avoir cherché à tromper mes sujets et à les soulever contre moi.

— J'oserai, Sire, vous prier de nous apprendre quelle peine vous lui réservez.

— La mort. Il sera pendu comme un manant.

— Vous ne ferez pas cela!

— Qui m'en empêchera? reprit Louis légèrement ému de ce ton dégagé du vieux comte de Romont. Ne suis-je pas aussi maître d'envoyer à la mort qui il me plaît, que vous, messire, en Suisse, autrefois?

Le comte sentit le trait; mais, dissimulant son déplaisir, il ajouta :

— Nous nous opposerons à cette exécution par tous les moyens en notre pouvoir.

— Et de quel droit?

— Du droit de la justice qui ne permet pas qu'un homme, fût-il le plus misérable de tous, soit condamné sans jugement.

— Le comte de Saint-Yon est jugé, dit le roi, dont le regard lança un éclair terrible de haine et de colère. Son crime est patent; il mérite la mort, et il la subira.

— Alors, dit Romont, il ne nous reste plus qu'à nous retirer.

— Arrêtez un instant! s'écria Louis subitement inquiet de la sombre résolution qu'il voyait empreinte sur la figure des trois députés.

— Nous sommes aux ordres du roi, répondit le comte en s'inclinant.

— Voyons, par mon salut! ne soyez pas si vif. Peut-être pourrons-nous nous entendre.

— Cela dépend de vous, Sire.

— Si le comte de Saint-Yon subit le supplice qu'il mérite, qu'aurez-vous à dire?

— Rien ; mais nous agirons.

— Et si je vous accorde un délai?

— Nous vous en serons grandement reconnaissants.

— A quoi emploierez-vous ce sursis?

— Nous profiterons de la clémence de Votre Majesté pour rechercher la valeur des titres que Jean s'attribue. S'ils ne sont pas authentiques et nettement établis, nous l'abandonnerons à votre bon plaisir.

Louis resta un moment en méditation; puis, relevant sa tête pâle mais expressive :

— Soit! dit-il enfin; je veux être généreux; je vous donne vingt jours de délai.

— Sire, je vous remercie du fond du cœur, s'écria Romont.

Le roi sourit d'une façon étrange, et reprit :

— Je ferai plus : afin que vous sachiez combien je crains peu que la vérité ne se fasse jour, je vous aiderai moi-même dans vos recherches.

Les trois députés se regardèrent avec surprise, et le prince, charmé de les avoir déconcertés, poursuivit :

— Je vais immédiatement donner des ordres afin que l'enquête soit sérieuse et complète. Etes-vous satisfaits ?

— Entièrement, répondit le comte qui cherchait en vain pour quels motifs Louis se montrait si empressé d'accéder à sa demande.

— Mais, continua le prince, si dans vingt jours la preuve de la filiation princière du comte de Saint-Yon n'est pas faite, le prisonnier sera livré au bourreau.

— Nous y consentons, dirent les trois seigneurs bourguignons.

Louis XI s'était montré difficile d'abord, pour donner plus de prix ensuite à la concession qu'il faisait. Et il fallait qu'il redoutât beaucoup les grands de Bourgogne, pour qu'il leur fît de semblables concessions. Il est bon de remarquer que les Etats de Bourgogne, la Franche-Comté et l'Artois avaient été tout récemment réunis au royaume, que l'autorité royale y était encore précaire, et qu'il importait d'user de ménagements envers les anciens capitaines de Charles-le-Téméraire.

Louis étant convenu de tout avec les députés de l'assemblée de Beaune, les congédia du geste, et le panneau de bois reprit sa place dans la paroi.

Au sortir de la salle d'audience, les seigneurs bourguignons rencontrèrent Jean Doyat, qui leur offrit, de la part du maître, des vêtements précieux et de riches présents, ce que le parcimonieux monarque n'avait pas coutume de faire auparavant. Au terme de sa vie, il avait changé, non de caractère, mais d'allures, et il faisait des choses étranges.

Il se savait haï de la noblesse et du peuple des villes et des campagnes, qui se réglait sur les grands; maintes tentatives d'empoisonnement et d'assassinat avaient témoigné des ressentiments de ses ennemis. Aussi, s'abandonnant à sa dureté naturelle, il réprimait sans pitié les moindres agitations, causées souvent par l'énormité des taxes et les désordres des soldats. Il repoussait rudement les représentations que le Parlement voulut lui adresser plusieurs fois.

Les charges publiques avaient été presque triplées depuis Charles VII. Il le fallait pour faire face à tant d'entreprises, dans lesquelles l'argent jouait, aux mains de Louis, le principal rôle.

A cette époque, le roi levait quatre millions sept cent mille livres de tailles, au lieu de un million huit cent mille; les autres impôts avaient suivi la même progression. Le prince entretenait cinq mille lances au lieu de mille sept cents, afin de se passer de l'arrière-ban, et plus de vingt-cinq mille soldats d'infanterie permanente.

Malgré ses exactions, la solitude où il vivait, sa mauvaise santé, la débilité de son corps; malgré les coups de la mort qui le menaçait sans cesse, Louis était le monarque le plus puissant et le plus respecté de son temps. Au dedans, comme au dehors de la France, on ne parlait que de lui. Pour en arriver là, il avait accompli de gigantesques travaux. Arrivé au terme de sa vie, il voulut maintenir sa réputation et prit de singuliers moyens pour réussir.

Craignant toujours qu'on ne le crût mort ou mourant, il infligeait d'âpres punitions pour être redouté, et, de peur de perdre obéissance, il affectait de l'application aux affaires, envoyait des ordres étranges, faisait des changements subits et inattendus entre les gens du conseil et les magistrats, congédiait les officiers, cassait les hommes d'armes, rognait les pensions. Quand on lui demandait la raison de ces mesures, il répondait sentencieusement :

— Nature se plaît à diversité.

Il disait à Comines qu'il passait le temps à faire et défaire les gens, et faisait plus parler de lui que jamais parmi le royaume ; il agissait ainsi pour montrer qu'il gouvernait encore, car peu de gens le voyaient ; mais quand on entendait raconter les œuvres qu'il accomplissait, chacun en avait crainte, et à peine pouvait-on croire qu'il fût malade.

On ne lui parlait que des affaires de l'Etat ; de tous côtés il envoyait des ambassades, avec des paroles d'amitié et des présents considérables. Il faisait acheter un bon cheval ou une bonne mule, quoi qu'il en coûtât, mais dans les pays étrangers où il voulait qu'on le crût bien portant. Des chiens, il en faisait chercher partout : en Espagne, des chiens courants ; en Bretagne, de petits lévriers et des épagneuls ; ailleurs, de petits chiens velus qu'il faisait payer plus cher que les maîtres ne les voulaient vendre. Il envoya de même acheter au double, des mules en Sicile, des chevaux à Naples, de petits lions en Barbarie, des élans et des rennes en Danemark et en Suède. Pour ces choses et d'autres, il était plus craint qu'il n'avait jamais été.

Parfois il lui arrivait, inquiet qu'il était toujours, de se lever le premier, et pendant qu'on dormait de courir le château pour tout voir par lui-même. Un jour, étant descendu aux cuisines, il n'y trouva encore qu'un petit garçon nommé Etienne qui ne le connaissait pas, et qui tournait la broche.

— Combien gagnes-tu ? lui demanda-t-il.

— Autant que le roi, répondit l'enfant.

— Et combien gagne le roi ?

— Sa vie, et moi la mienne, répliqua Etienne avec assurance.

Louis, lui jugeant de l'esprit, l'employa et le combla de bienfaits.

Malgré les bizarreries qui signalèrent les derniers temps de sa vie, et qui étaient fondées sur la crainte qu'on empiétât sur son pouvoir, le roi régnait avec intelligence, achevant vigoureusement l'œuvre poursuivie depuis son avénement au trône. Aucun prince ne fut plus occupé des affaires de l'Etat ; il donnait lui-même les instructions aux ambassadeurs, minutait ses dépêches, dressait ses édits, accordait de fréquentes audiences, entrant dans le plus grand détail pour tout ce qui concernait les troupes, la marine, les finances, le commerce ; il punissait sévèrement les révoltes, et les peuples furent plus tranquilles qu'ils ne l'avaient été sous ses prédécesseurs.

Aussi les résultats de ce règne glorieux furent immenses pour la France. Louis XI éleva la puissance militaire et territoriale du royaume à un point jusqu'alors inconnu, par l'augmentation considérable des troupes régulières qu'il soumit à la discipline, par des armements maritimes et par d'utiles alliances avec l'Ecosse, avec les Suisses, avec le duché de Milan, avec la Savoie, qui assuraient à la France une glorieuse prépondérance en Europe. Son habile politique et les événements, dont elle savait user, attirèrent à la couronne la plus grande partie des possessions de la féodalité, si puissante à son avénement.

Doué d'une activité prodigieuse et de talents éminents, Louis voulait faire tout par lui-même et voir tout par ses propres yeux. Il visita deux ou trois fois son royaume et effectua de nombreuses améliorations. Il veilla exactement à l'administration de la justice, dont il ne viola les formalités que dans les circonstances où il craignait que les grands coupables n'échappassent à la sévérité du châtiment.

Par l'institution des *postes*, il rendit plus rapide l'action du Gouvernement sur les provinces éloignées du centre et fournit au commerce un puissant auxiliaire. Il confirma et augmenta considérablement les priviléges des villes, permit à plusieurs d'entre elles d'élire leurs magitrats municipaux, de s'imposer pour les charges locales. Il leur assura le bienfait d'une police sévère, organisa les maîtrises et les corporations, mit les bourgeois au niveau de la noblesse en leur accordant le droit d'acquérir des fiefs nobles et de racheter celui de commander le guet et la garde.

Le roi encouragea le commerce par tous les moyens; presque toutes ses trêves contiennent des stipulations en faveur des marchands. Il multiplia les foires et les marchés libres, et accorda aux nobles le droit de commerce par terre et par mer, à condition qu'ils n'importeraient leurs marchandises que par vaisseaux français. Il fit venir de l'étranger d'habiles ouvriers et établit à Tours la première manufacture de soie; il encouragea la plantation des mûriers et l'éducation des vers à soie.

Louis méditait de nouvelles réformes que la mort l'empêcha d'exécuter; il aurait voulu, devançant trois siècles, établir dans toute la France l'unité des lois, des poids et des mesures.

Selon Comines, Louis XI était lettré, aimant à

demander et à entendre toutes choses. Ses lettres sont écrites avec une facilité rare pour son époque. Il s'occupait d'histoire et rédigea *le Rosier des guerres,* ouvrage de politique et de science militaire. Il fonda les universités de Valence, de Bourges, de Caen et de Besançon, augmenta les privilèges de l'université de Paris, où il créa une école spéciale de médecine.

Protecteur éclairé des sciences et des lettres, il accueillit avec faveur les savants grecs chassés de Constantinople. Trois imprimeurs allemands, élèves de Jean Furst, invités par lui, se rendirent à Paris, apportèrent les premiers en France l'art nouveau de Guttenberg, et établirent leurs presses au collége de la Sorbonne, sous le patronage de Jean Lapierre, célèbre docteur en théologie.

On a fait un crime à Louis XI d'avoir abattu les têtes de plusieurs grands seigneurs, mais tous avaient mérité leur sort, et il ne les châtia qu'après avoir fait preuve de longanimité.

Le premier qu'il frappa fut Jean II, duc d'Alençon, condamné à mort l'an 1458, pour avoir traité avec les Anglais contre la France ; Charles VII lui avait fait grâce de la vie. Louis XI lui pardonna entièrement à son avénement au trône. Le duc d'Alençon en profite pour faire assassiner ceux qui avaient déposé contre lui ; il fabrique ensuite de la fausse monnaie, il entre dans la ligue du Bien-Public et dans chacun des complots contre le roi. Il venait de négocier avec le duc de Bourgogne la vente du duché d'Alençon et du comté du Perche, quand Louis le fit arrêter et le traduisit devant le Parlement, qui le condamna une seconde fois à mort. Le prince commua la sentence en une prison perpétuelle.

Le second des princes du sang que le roi châtia

fut Jean V, comte d'Armagnac. A l'égal du duc d'Alençon, il s'était signalé par des crimes honteux, des trahisons, et une noire ingratitude envers Louis XI qui avait commencé son règne par lui faire grâce.

En effet, dès son avénement, le roi avait signé une lettre d'abolition complète à cet homme effroyable, condamné pour meurtre et pour faux, et au bout d'un an, le brigand mettait les Anglais dans ses places, si Louis n'en eût pris les clefs.

Pour punir enfin ce grand criminel, Louis envoya deux grands officiers de justice pour s'emparer d'Armagnac, qui se défendit à main armée, fut pris et poignardé.

Jacques d'Armagnac, cousin de Jean, était un ami d'enfance de Louis XI qui avait été élevé avec lui, qui avait fait pour lui des choses folles, iniques, comme de forcer les juges à lui faire gagner un mauvais procès. Cet ami le trahit au Bien-Public, le livra autant qu'il fut en lui. Il revint vite, fit serment au roi sur les reliques de la Sainte-Chapelle, et tira de lui, par-dessus tant d'autres choses, le duché de Nemours, le gouvernement de Paris et de l'Ile-de-France.

Le lendemain, il le trahissait.

Quand Louis frappa Jean d'Armagnac, cousin de Nemours, près de frapper celui-ci et l'épée levée, il se contenta encore d'un serment. Nemours en fit un, solennel et terrible, devant une grande foule, appelant sur sa tête toutes les malédictions s'il n'était désormais fidèle et n'avertissait le roi de tout ce qu'on machinerait contre lui. Il renonçait, en ce cas, à être jugé par les pairs et consentait d'avance à la confiscation de ses biens.

La peur passa, et il continua d'agir en ennemi.

Il se tenait cantonné dans ses places, n'envoyant pas un de ses gentilshommes pour servir le roi. Quiconque se hasardait d'en appeler au Parlement, était battu, blessé ; ses gens détroussaient les voyageurs. Un mois avant la descente des Anglais, il se mit en défense et se tint tout prêt à les seconder.

Le roi, l'ayant fait arrêter, l'emprisonna dans une cage de fer et le traduisit devant le Parlement, qui le condamna à mort. Il fut décapité. Quelques modernes ont dit que ses enfants avaient été placés sous l'échafaud pour recevoir le sang de leur père. Mais les contemporains n'en parlent point, même les plus hostiles. Reste à conclure que c'est une fable.

On voit, par ces faits, combien sont injustes les accusations dont on a chargé la mémoire de Louis. Un factum des Armagnacs, source impure et nécessairement hostile, a fourni à beaucoup d'historiens un thème tout fait, qu'ils ne se sont pas donné la peine de contrôler. L'homme qui a vu de plus près le redoutable et puissant monarque, Philippe de Comines, a écrit aussi sa vie avec un inimitable talent et une impartialité facile à reconnaître.

Il a tracé d'une main sûre le portrait de son maître, qui se retrouve dans ce récit avec ses qualités et ses défauts.

« Le temps que Louis reposait, dit Comines, son entendement travaillait, car il avait affaire en tant de lieux que merveilles, et il se fût aussi volontiers occupé des affaires de ses voisins que des siennes, jusqu'à mettre des gens en leurs maisons et leur départir des offices. Quand il avait la paix et la trêve, à grand'peine les pouvait-il endurer. De maintes menues choses de son royaume se mêlait, dont il se fût bien passé ; mais sa complexion était telle, et ainsi vivait. Aussi sa mémoire était si grande, qu'il retenait toutes choses et connaissait tout le monde, et en tout pays et à l'entour de lui. A la vérité, il semblait plus fait pour gouverner un monde qu'un royaume. »

Au mois de mars 1480, il était allé entendre la messe au village de Forges, près de Chinon. Pendant son dîner, il eut une attaque d'apoplexie qui lui ôta le sens de la parole. Il voulut s'approcher de la fenêtre, pour prendre l'air, mais on l'en empêcha, croyant bien faire. Son médecin, l'archevêque de Vienne, étant survenu, ouvrit la fenêtre et lui administra un remède qui lui fit revenir le sens et un peu la parole. Il demanda aussitôt l'official de Tours pour se confesser. Comme il n'y avait que Philippe de Comines qui pût encore bien le comprendre, il lui servit d'interprète pour la confession. « Il n'avait pas grandes paroles à dire, ajoute naïvement l'historien, car il s'était confessé peu de jours auparavant, parce que, quand les rois de France veulent toucher les malades des écrouelles, ils se confessent, et notre roi n'y faillait jamais une fois la semaine.

» Quand il sut quels étaient ceux qui l'avaient empêché de s'approcher de la fenêtre, il les renvoya tous de son service. Il en faisait plus de semblant qu'il ne lui tenait au cœur. Son principal motif était qu'on n'allât point, sous prétexte que son sens ne fût pas bon, s'emparer de la direction des affaires.

» Il s'enquit des travaux du conseil, des affaires qu'on y avait expédiées pendant les dix ou douze jours qu'il avait été malade ; il voulut voir les lettres closes qui étaient arrivées et qui arrivaient à chaque heure. On lui montrait les principales que lui lisait Comines ; il faisait semblant de les entendre, bien qu'il n'eût aucune connaissance; il disait quelque mot, ou faisait signe des réponses qu'il voulait qui fussent faites. Ses ministres faisaient peu d'expéditions, en attendant la fin de la maladie, car il était maître avec lequel il fallait charrier droit.

» Cette maladie lui dura quinze jours, et il revint, quant au sens et à la parole, en son premier état; mais il demeura très-faible et en grande suspicion de retourner en cet inconvénient, car naturellement il était enclin à ne vouloir bien souvent suivre les conseils des médecins. »

Dès qu'il se trouva bien, il délivra le cardinal la Balue, qu'il avait tenu de longues années prisonnier.

Quelque temps après, son mal lui reprit; il perdit de nouveau la parole, et pendant bien deux heures on le crut mort. Philippe de Comines et les autres personnes présentes le vouèrent à saint Claude. Incontinent la parole lui revint, et sur l'heure il alla par la maison, quoique très-faible. Il voyagea comme devant, et fit le pèlerinage de Saint-Claude.

Ces détails donnent une idée aussi complète que possible de Louis XI, personnage singulier, rempli de contraste, mais aimant la France et mettant constamment sa vaste intelligence, ses prodigieuses facultés, son habileté consommée, au service du royaume. Sous cette main énergique, les éléments divers de la nationalité française s'aggrègent. L'étranger ne pourra plus rien sur ce pays, sauvé par une femme héroïque et divinement inspirée, sous le règne précédent, et qu'un homme de génie, parvenu au trône dans la force de l'âge, sut organiser puissamment.

VI

LE VIEUX GARDE-CHASSE.

C'était à la fin d'une belle journée de mai 1483. Le soleil déclinant rapidement vers l'horizon inondait de ses derniers feux le hameau d'Augicourt, composé seulement d'une cinquantaine de maisons couvertes de chaume; il s'étendait toutefois sur un assez vaste espace. Chaque habitation, complétement isolée, apparaissait entourée de champs ou de bois, ceinture gracieuse qui lui laissait abondamment l'air et le soleil.

L'unique rue du hameau, longue et tortueuse, bordée de haies vives dans lesquelles se découpaient des portes légères en palissades, aboutissait d'une part à la plaine, de l'autre à l'église. De cette voie poudreuse en été, boueuse en hiver, partaient des sentiers qui serpentaient à travers les champs cultivés, les taillis ou les vergers.

Or, le jour dont il s'agit, les habitants d'Augicourt étaient dispersés pour la plupart dans la campagne, vaquant à leurs agrestes labeurs; les enfants, quelques ménagères, des vieillards infirmes, se montraient çà et là par le village, aux abords des maisons.

A l'extrémité du hameau, du côté de la plaine, sur le seuil d'une humble et simple chaumière se tenait assis un homme d'âge avancé; son crâne, à peu près chauve, était recouvert d'une toque de laine brune; des rides sillonnaient son front; un feu plein de jeunesse encore brillait néanmoins au fond de ses yeux gris et pénétrants. L'ensemble de la physionomie, quoique rude et sévère, ne manquait pas de dignité et d'une sorte de beauté sénile. Il avait conservé une partie de ses dents; de taille ordinaire et point courbé par les années, il offrait tous les signes d'une vigueur peu commune dans une telle vieillesse.

De son siége de pierre, et appuyé des deux mains sur un long bâton noueux, il plongeait son regard dans l'air, paraissant quelquefois suivre le vol des oiseaux qui saluaient de leurs chants joyeux le retour de la belle saison. Le vieillard respirait avec une volupté sereine les souffles de la brise, chargés des senteurs pénétrantes du bois. Au-dessus de sa tête, le long du mur de l'habitation, se balançait un énorme poirier couronné de fleurs embaumées.

Germain Rivoire, c'était le nom de l'homme âgé, avait vieilli, comme garde-chasse, au service des ducs de Bourgogne. Octogénaire, aimé et vénéré dans le pays à l'égal d'un patriarche, il avait connu les trois derniers princes, successeurs de Philippe-le-Hardi.

A la mort du Téméraire, il s'était retiré, pleurant l'extinction de la maison de ses maîtres, à Augicourt, son village natal, dont les habitants, tous ses amis, l'accueillirent avec bonheur et lui firent une place au milieu d'eux. Il ne tarda pas à conquérir l'estime et la confiance de tous, et il devint le conseiller, le juge de paix au besoin, de ses compatriotes. Doué d'une intelligence peu commune dans sa condition, facile et franc dans ses rapports, d'humeur débonnaire, joviale même quelquefois, il sut gagner les cœurs et vécut dans ce hameau comme au sein d'une famille respectueuse et dévouée.

Habitant seul sa maisonnette, il était moins isolé qu'il ne le paraissait. Conteur agréable et intrépide, Germain réunissait autour de lui, l'hiver auprès de son feu, l'été sous son poirier, une partie des villageois. Il les intéressait en redisant les aventures nombreuses et variées de sa longue vie, et les événements dont il avait été témoin. On ne se lassait jamais de l'entendre, ni lui de raconter. Il mettait une verve juvénile mêlée de causticité et d'inoffensives railleries dans les légendes pittoresques qu'il retraçait. Chacun connaissait la vie du vieillard, dans la plupart de ses détails.

Pourtant il était un point obscur, un fait qu'il taisait toujours. Il aimait à se laisser presser sur ce point; mais aux instances fréquemment renouvelées, il répondait invariablement en souriant :

— Il ne m'est pas permis de dire cela.

— Pourquoi ? lui demandait-on.

— Parce que c'est un secret.

— Confiez-nous-le : personne de nous ne le violera.

— J'ai pleine confiance en vous tous ; mais ce secret ne m'appartient pas : je serais coupable en le dévoilant.

Ce fameux secret du vieux Germain Rivoire, dont on s'entretenait si souvent au village et auquel le garde-chasse ne se gênait pas pour faire sans cesse allusion, il ne l'avait communiqué à personne, disait-il, et l'emporterait dans la tombe, à moins de circonstances particulières, lesquelles ne s'étaient point produites jusqu'alors.

Tandis que le vieillard jouissait des derniers rayons du soleil de cette tiède journée de mai, attendant ses visiteurs accoutumés, deux hommes vêtus d'habits amples et sombres, portant des chapeaux à demi rabattus sur les yeux, qui ne laissaient voir que la barbe, rousse chez l'un et noire chez l'autre, débouchaient par le sentier qui longeait la maison du garde-chasse, et se présentèrent tout à coup à ce dernier. Rivoire, à leur aspect, se leva vivement, car il était aussi hospitalier que joyeux conteur, et il les salua avec sa bonhomie ordinaire.

— Salut à vous, messeigneurs, dit-il en s'inclinant légèrement.

Les étrangers répondirent par un signe de tête.

— Que désirez-vous de moi? reprit le vieillard. A quoi puis-je vous être bon?

— N'êtes-vous pas Germain Rivoire? dit l'homme à la barbe noire.

— En personne, pour vous servir.

— C'est bien.

— Sollicitez-vous l'hospitalité ou un simple renseignement?

Les deux visiteurs se regardèrent d'un œil interrogateur, et ce fut encore l'homme à la barbe noire qui répliqua :

— Nous voudrions un renseignement.

— A merveille; je ne demande pas mieux que de vous satisfaire.

Les deux inconnus se rapprochèrent de Rivoire,

qui ajouta en indiquant du geste le siége qu'il venait de quitter :

— Prenez place à mes côtés, sur ce banc de pierre, à moins que vous ne préfériez entrer dans ma modeste chaumière.

— Nous serons bien ici, dirent les étrangers en s'asseyant près du garde-chasse qu'ils ne cessaient d'examiner attentivement.

— Vous avez raison, messeigneurs, de priser plus ce dôme de fleurs embaumées, cet air pur, le spectacle des haies verdoyantes et entrelacées d'aubépines blanches et roses, au toit enfumé de ma demeure. Maintenant je vous écoute. En quoi puis-je vous être agréable? Parlez à votre aise.

— N'avez-vous pas été au service des princes de la maison de Bourgogne? demanda l'homme à la barbe noire, qui paraissait le plus considérable des deux.

— J'ai eu cet honneur, répondit le vieillard avec orgueil. Vous ne le trouvez pas mauvais, je suppose?

— Nullement, au contraire.

— A la bonne heure.

— Ainsi, vous avez connu les derniers ducs?

— Parfaitement, puisque j'ai servi les trois derniers. J'ai combattu dans les bandes bourguignonnes, sous le vaillant Jean Sans-Peur, si tristement assassiné sur le pont de Montereau; j'ai participé aux fameuses chasses de son fils, Philippe-le-Bon.

— Vous avez connu également le duc Charles, fils et successeur de Philippe?

— Certainement. J'ai aimé de tout mon cœur l'infortuné duc, qui, d'une puissance si grande, a été précipité dans un abîme de maux. J'ai pleuré sur ses restes sanglants.

En achevant ces paroles, Germain Rivoire pencha

la tête sur sa poitrine, et une larme trembla au bord de sa paupière. Les deux étrangers, respectant la douleur que ces souvenirs éveillaient au cœur du vieillard, attendirent un instant. Puis, celui qui avait déjà posé diverses questions, reprit :

— Le duc Charles n'est plus ; nul désormais ne ranimera de ses cendres la race illustre des princes de Bourgogne.

— Je le crains.

— Il n'en faut pas douter. La ligne masculine de Charles est éteinte.

L'étranger, qui prononça lentement ces mots, fixait son regard ardent sur le vieillard. Mais celui-ci demeura impassible et se contenta de répondre :

— Je regrette la noble race de mes maîtres.

— Cependant, poursuivit l'inconnu, il court des bruits étranges.

— Je n'en ai pas connaissance.

— Déjà ils se sont répandus dans plusieurs contrées, et ils excitent les espérances de la maison de Bourgogne.

Un éclair, un seul, aussitôt réprimé, jaillit du regard de Rivoire, qui demanda :

— De quelle nature sont ces rumeurs ?

— La renommée publie qu'il existe un descendant de Charles-le-Téméraire.

— Ce serait surprenant, dit le vieillard en jetant un coup d'œil furtif sur les deux étrangers.

— Le fait nous paraît avéré.

— Où est ce descendant des ducs de Bourgogne ? demanda le vieillard d'un air défiant.

— Nous l'ignorons.

— Comment cela ?

— Cet illustre rejeton d'une race héroïque se

cache à tous les yeux, redoutant, sans doute, quelque danger.

— Personne ne s'inquiète-t-il de lui?

— Nous avons mission de le chercher, mon compagnon et moi.

— Qui vous envoie?

— Nous nous enquérons au nom des seigneurs bourguignons, dernièrement rassemblés à Beaune.

— Dans quel but vous informez-vous de cet enfant mystérieux?

— Pour le remettre en possession de son héritage.

— Et vous espérez réussir?

— Loin de là, nous craignons d'échouer.

— Qu'attendez-vous de moi?

— Que vous nous donniez quelques éclaircissements.

— Je ne sais rien.

En ce moment, plusieurs habitants du village arrivèrent et parurent d'abord surpris de voir deux étrangers avec le vieillard. La conversation fut suspendue, ou plutôt elle changea d'objet; les nouveaux-venus ni le garde-chasse ne paraissaient se soucier de mettre tant de gens dans leur confidence. Celui des deux étrangers qui n'avait rien dit encore, se leva le premier avec une brusquerie qui témoignait de sa mauvaise humeur, et il murmura ces mots à l'oreille de son compagnon :

— Puisque nous ne pouvons obtenir de renseignements positifs, je vous propose, messire, de quitter ce pays.

— Où irons-nous?

— Il ne nous restera plus qu'à retourner auprès du roi, lui annoncer l'insuccès de nos enquêtes. Louis XI pourra en toute sécurité et conscience s'approprier définitivement l'héritage de Charles-le-Téméraire.

L'homme à barbe noire soupira, mais ne répondit pas.

Rivoire, dont l'âge n'avait point altéré la subtilité de l'ouïe, ne perdit pas un mot de ces propositions ; et, se tournant vers l'étranger à barbe noire :

— Charles, dit-il, n'a-t-il donc laissé aucun testament ou recommandation verbale ?

— Non, répondit l'inconnu.

— Tant pis, reprit-il d'un air sombre. N'avez-vous plus rien à me demander ?

— Nous avons rempli notre mission.

— En ce cas, adieu, messeigneurs.

Il se leva pour rentrer dans sa maison. Il posait la main sur le loquet de sa porte, quand il surprit un signe de l'homme à barbe noire ; il s'arrêta et attendit. L'autre visiteur, écarté par un groupe de villageois, ne pouvait remarquer ce qui se passait et il ne vit pas son compagnon s'approcher rapidement de Rivoire, avec qui il ouvrit le dialogue suivant :

— Connaissez-vous les comtes de Chimay et de Nassau ?

— Assurément ; j'ai servi sous leurs ordres.

— Et moi, je suis leur ami.

— Votre nom ?

— Le sire de Torcy.

— Je m'en suis presque douté, malgré votre déguisement, car je vous ai vu plus d'une fois.

— Ayez donc confiance en moi, qui suis demeuré fidèle, comme vous, à la mémoire de nos malheureux maîtres.

— Quel est l'homme venu avec vous ?

— Un seigneur de la cour de Louis XI, cet ennemi implacable de la maison de Bourgogne.

— Il vous surveille, sans doute?

— Vous l'avez deviné.

— Voyons, messire, expliquez-vous. Qu'attendez-vous de moi?

— Que vous me révéliez le secret qui vous a été confié.

— Vous m'embarrassez.

— Je tiens du moins à savoir s'il ne se rapporte point à Jean de Saint-Yon, ce jeune homme qui passe pour être le fils du Téméraire.

— Je vous comprends, dit le vieillard. Mais, silence, voici votre compagnon qui nous aperçoit. Revenez cette nuit, je vous dirai tout, le moment est arrivé.

— A quelle heure?

— Celle que vous préférerez.

— Je serai ici à deux heures, demain matin.

— Soit, je vous attendrai, messire.

A peine Germain Rivoire avait-il prononcé ces dernières paroles, qu'il rentra dans sa maison. Le sire de Torcy, rejoint par son compagnon, quitta le village avec lui, et les deux visiteurs disparurent par le sentier qu'ils avaient pris pour venir.

Maintenant, nous devons expliquer comment le sire de Torcy se trouvait à Augicourt avec un homme du roi.

Le jour de l'audience royale, Doyart accompagna, par ordre de Louis, les seigneurs bourguignons sur la route du Plessis à Tours, autant pour les surveiller que pour leur faire honneur. Les députés, en arrivant aux portes de Tours, rencontrèrent un de leurs émissaires, qui accourut à eux; et, sans prendre garde qu'un agent royal se trouvait là, il rendit compte à ses amis des résultats de sa mission.

Il leur apprit que, dans une excursion en Artois,

il avait entendu parler d'un vieillard, vivant au village d'Augicourt, qui possédait un secret relatif, vraisemblablement, à la maison de Bourgogne. Les comtes de Romont et de Nassau annoncèrent sur-le-champ qu'ils partiraient eux-mêmes pour Augicourt, mais Doyart fit entendre quelques observations.

— Le roi, dit-il, n'est pas obligé de s'en rapporter à vos enquêtes.

— Il lui restera la liberté de les contrôler, répondit Romont.

— Il est un moyen plus simple, ce me semble, de concilier vos intérêts et les siens.

— Lequel?

— Choisissez l'un d'entre vous; le roi lui adjoindra l'un de ses serviteurs. Ces deux commissaires agiront de concert et s'assureront de la vérité.

Les seigneurs bourguignons, après quelque hésitation, adoptèrent ce plan. Ils désignèrent tous d'une voix le sire de Torcy; et Louis XI, informé de toutes choses, nomma, pour le représenter, César Warlat, l'un de ses plus habiles et dévoués serviteurs. Ces deux hommes partirent, munis d'instructions secrètes données par leurs mandataires respectifs. Ils se défiaient l'un de l'autre et ne se perdaient jamais de vue. Nous savons ce qu'ils firent à Augicourt, et le résultat de leurs recherches. César Warlat ne paraissait rien soupçonner, et son compagnon, plein d'espoir, se promettait de revoir secrètement le vieillard.

VII

UN ÉVÉNEMENT IMPRÉVU.

Les seigneurs bourguignons, ainsi que le roi peut-être, avaient pris leurs mesures pour être exactement renseignés sur les incidents de la mission de leur agent. Aussi, dès le lendemain de la visite des deux chevaliers au hameau d'Augicourt, ils étaient informés de l'heureuse issue que se promettait Torcy de son voyage. Un courrier avait tout appris au comte de Nassau.

Celui-ci communiqua aussitôt la nouvelle à ses amis et résolut de partir lui-même pour le village, afin d'obtenir une prompte solution. Il quitta donc Orléans où il s'était arrêté, prêt à tout événement, courut jour et nuit et arriva en vingt-quatre heures au hameau d'Augicourt. Il descendit dans la ville où il savait rencontrer Torcy et César Warlat. Mais, auparavant, il vit un émissaire qui le conduisit à l'hôtel des deux seigneurs. A la demande du comte de Nassau, le maître du logis répondit :

— Les voyageurs dont vous parlez n'ont pas reparu ici depuis trois jours.

— Où sont-ils?

— Je l'ignore.

— Ne doivent-ils pas revenir?

— Je ne le pense pas.

— Ils sont partis, alors?

— Quoiqu'ils ne me l'aient pas dit, je suis porté à le croire, car ils ont payé leurs dépenses.

Cette nouvelle surprit et déconcerta le comte de Nassau, qui s'élança sur la route d'Augicourt. L'absence de son ami et celle de l'agent du roi lui causa une impression pénible. Il ne put même s'empêcher de se livrer à d'étranges conjectures qu'il s'efforçait de chasser, mais qui revenaient avec une persistance obstinée.

En approchant du hameau, le comte de Nassau prêta l'oreille, et le vent lui apporta les sons lugubres de la cloche qui tintait le glas funèbre. Le chef bourguignon tressaillit malgré lui.

— Il y a mort au village, dit-il à son compagnon ; Dieu veuille que ce ne soit pas pour nous de fatal présage!

— Quel sujet d'alarme voyez-vous là? dit l'émissaire.

— Si le vieux garde-chasse était mort? murmura le comte de Nassau.

— Impossible.

— Pourquoi non?

— Germain Rivoire était plein de force et de vie, nonobstant les années, il y a trois jours seulement. Pour Dieu, messire, ne vous arrêtez pas à ces tristes pressentiments.

Le comte n'insista plus, mais il devint sombre et pressa le pas. A mesure que les deux chevaliers approchaient, les tintements funèbres redoublaient, plus distincts ; et ces sons augmentaient l'anxiété du seigneur flamand. Enfin, ils débouchèrent dans la grande rue qui partageait en deux le village d'Augicourt. Ils aperçurent à l'instant, un peu sur la gauche, une habitation tendue de deuil, puis un convoi funèbre s'acheminant vers l'église. En tête marchait le prêtre suivi de ses clercs, psalmodiant d'un ton lugubre les prières liturgiques. Le cercueil, porté par quatre vieillards à cheveux blancs, offrait, pour tout ornement, une croix de bois posée sur les planches nues.

La population du hameau se pressait à la suite de la bière, répétant les psaumes qu'interrompaient fréquemment des sanglots. Les larmes coulaient des yeux du plus grand nombre de ces simples villageois.

Le comte de Nassau, le cœur serré d'une tristesse inexplicable, s'approcha d'un jeune homme attardé, qui s'efforçait de rejoindre le cortége.

— Dites-moi, quel est le chrétien que vous conduisez aujourd'hui à sa dernière demeure ?

— Le meilleur des hommes, messire, qui n'avait pas son pareil dans le pays.

Le chef bourguignon frissonna et reprit d'une voix altérée :

— Comment se nommait-il ?

— Vous êtes donc étranger à cette province, puisque vous ne connaissez pas le patriarche d'Augicourt ?

— Oui, tu dis vrai.

— Notre vieux garde-chasse ne nous donnera plus ses sages conseils, il ne nous racontera plus les touchantes histoires du temps passé.

— Comment s'appelle le vénérable vieillard dont

tu parles? demanda le comte qui n'en savait déjà que trop, et qui ne doutait plus du malheur tant redouté.

— Germain Rivoire.

A cette réponse, un gémissement s'exhala de la poitrine du comte de Nassau.

— Hélas! hélas! murmura-t-il à l'oreille de son compagnon, tout est perdu.

Le villageois poursuivit :

— L'homme qui vient de mourir n'avait pas de parents ici, mais chacun l'aimait comme un père, et il nous chérissait comme ses enfants. Le deuil public qui commence aujourd'hui durera longtemps.

Le comte de Nassau garda le silence; tout entier à sa peine, il se demandait comment il se faisait que la fin du garde-chasse coïncidât précisément avec l'heure marquée pour la révélation du secret qu'il emportait dans la tombe. Tout à coup, au grand ébahissement du jeune homme, il se frappa la tête et s'écria :

— Il y a là dedans quelque fatal et horrible mystère : ceci ne peut être advenu par hasard.

Puis, voyant que le villageois le regardait avec stupéfaction, il reprit :

— Pourrais-tu me dire, mon ami, comment le vieillard est mort et quelles circonstances ont entouré son agonie?

— Volontiers, messire.

— Ta mémoire sera-t-elle fidèle?

— J'ose l'affirmer, car je le vis peu d'instants après qu'il n'eût expiré.

— A-t-il été malade?

— Non; il s'est éteint, croit-on, sans grandes souffrances.

— Raconte-moi cela.

— Avant-hier, quelques voisins, étonnés, au lever du soleil, de ne point le voir, comme d'habitude, respirer à sa fenêtre l'air frais du matin, s'approchèrent de sa porte et frappèrent plusieurs fois. Personne ne répondit. J'arrivai sur ces entrefaites, et j'appelai de toutes mes forces le vieux garde-chasse : le silence régnait toujours. Inquiets, redoutant une catastrophe, nous voulûmes tous pénétrer dans la demeure du vieillard. J'ouvris la porte que fermait un simple loquet, et je m'avançai, le cœur palpitant, jusqu'à l'humble couche où il avait coutume de reposer. Il gisait inerte, la figure sereine ; je le touchai : son corps était froid et offrait déjà la rigidité des cadavres. Germain Rivoire était mort. Mes compagnons, refusant de croire à mes paroles, s'approchèrent à leur tour, et bientôt ils ne doutèrent plus du malheur qui nous frappait. Nous nous jetâmes à genoux près de ce corps sans vie, et nous arrosâmes de nos pleurs les restes mortels de l'homme que nous avions tant aimé. Quand le village apprit la funeste nouvelle, il s'éleva de chaque maison un cri de douleur. Il sembla à tous que nous avions perdu notre meilleur ami et comme la moitié de notre âme, une part de nous-mêmes.

— Est-ce là tout ce que tu sais? dit le comte de Nassau profondément ému par ce récit d'une éloquente simplicité.

— Oui, c'est tout.

— Comment présume-t-on que Rivoire est mort?

— On suppose qu'il est passé de vie à trépas durant son sommeil.

— On ne forme pas d'autres hypothèses? nul ne formule d'accusation?

— Le village ne renferme que d'honnêtes gens, de braves cœurs, répliqua le jeune homme.

— Ainsi, rien de suspect ne s'est passé autour de cette chaumière, le soir qui a précédé la mort du vieillard?

— Je ne le pense pas. Cependant....

— Eh bien?

— Germain parut avoir un pressentiment de sa fin prochaine.

— Explique-moi cela, si tu le peux.

— La veille, il conversa longuement avec deux étrangers, qui le quittèrent à la nuit. Il sembla agité, après cette entrevue, et rentra plus tôt que d'ordinaire dans sa maison, alléguant qu'il avait besoin de repos.

— Ensuite?

— Voilà tout. Le digne vieillard dort maintenant du sommeil de la mort. Dans quelques instants son corps sera rendu à la terre. Que la tombe lui soit légère, et que son âme jouisse au ciel du prix de ses vertus! Mais le convoi entre dans l'église; j'y vais aussi prier pour le vieux garde-chasse.

Et le villageois, prenant congé des deux chevaliers, rejoignit en toute hâte le triste cortége.

Le comte de Nassau et son compagnon, n'ayant plus rien à faire à Augicourt, s'éloignèrent lentement et disparurent dans la plaine au bout de quelques instants. Il ne leur fallut pas de longues réflexions pour se persuader que la mort subite du vieillard, possesseur d'un secret de la plus haute importance, devait avoir une connexité intime avec la présence récente d'un agent de Louis XI. Ils commençaient à craindre aussi pour le sire de Torcy; l'absence de César Warlat, loin de les rassurer, leur inspirait de vagues appréhensions. Mais ils déploraient surtout le sort terrible et inévitable de l'infortuné Jean de Saint-Yon. Germain Rivoire emportait dans la tombe le secret dont la révélation devait sauver le jeune homme, en démontrant son illustre origine.

Les dernières espérances des seigneurs bourguignons se trouvaient misérablement ensevelies dans le cercueil du garde-chasse.

Accablé par ces désolantes pensées, le comte de Nassau s'arrêta soudain, et, se tournant vers son compagnon :

— Il convient, dit-il, que j'honore le généreux vieillard qui périt sans doute victime de sa fidélité au souvenir, au sang de nos maîtres.

— Que voulez-vous faire, messire?

— Retournons sur nos pas.

— Dans quel but?

— Nous aussi, au nom des chefs bourguignons, nous rendrons les derniers devoirs à Germain Rivoire.

En même temps, le comte tourna la tête de son cheval vers le village, l'autre chevalier l'imita, et l'un et l'autre gagnèrent l'église à toute bride. Ils mirent pied à terre à la porte de l'édifice sacré, et s'en allèrent prendre place au pied de la bière. Ils assistèrent à l'office des morts, prièrent pour le défunt, l'accompagnèrent au cimetière contigu à l'église et regardèrent descendre le corps dans la fosse.

Il leur sembla alors que toutes les chances de restauration pour la maison de Bourgogne s'engloutissaient dans cette tombe béante, et que la pierre sépulcrale qu'on allait sceller sur le vieillard enfermerait avec lui le jeune comte de Saint-Yon et Claude de Chimay. Ils savaient que Louis serait implacable et ne manquerait pas l'occasion de se délivrer pour jamais d'un rival redoutable.

Les habitants d'Augicourt avaient quitté le cimetière depuis longtemps que le comte de Nassau y était encore, le front penché vers la terre et abîmé dans de sombres réflexions. Enfin il sortit de sa méditation, laissa tomber une larme brûlante sur la tombe toute fraîche, et dit en soupiraut :

— Qui se douterait qu'à cet humble cadavre, enseveli dans un coin de terre inconnue, sont liées les plus nobles destinées?

Et, sans rien ajouter, il sortit de l'enceinte funèbre avec son compagnon. Les deux chevaliers, complétement déçus dans leur attente, reprirent le chemin de la Touraine où leurs amis les attendaient avec impatience.

VIII

AU CIMETIÈRE.

Le sire de Torcy, que le comte de Nassau s'étonnait tant de n'avoir point rencontré à l'hôtel où l'émissaire bourguignon le croyait encore, avait été fidèle au rendez-vous qu'il avait donné au vieux garde-chasse. Dès qu'il eût vu l'agent du roi, César Warlat, rentré dans son appartement, il descendit rapidement et sans bruit par un escalier de service, et franchissant la porte du jardin, il prit à travers champs. Dans la crainte d'éveiller les soupçons ou d'attirer l'attention de son défiant acolyte, il laissa son cheval à l'écurie de l'hôtel.

La distance de la ville au hameau étant assez longue, Torcy n'arriva guère à la maison du garde-chasse avant deux heures du matin. Un rayon de lumière filtrait par la fente des volets disjoints, et le sire de Torcy pensa que le vieillard veillait en l'attendant. Il se préparait à frapper; mais il se retint, car il venait d'entendre un murmure de voix à l'intérieur de la chaumière. Surpris et déconcerté, il se réfugia dans l'ombre que projetait la maison, et se mit à se promener sans bruit, de long en large, espérant que le visiteur importun ne tarderait pas à se retirer.

Le temps s'écoulait et nul ne sortait. Intrigué, presque inquiet, le sire de Torcy résolut de pénétrer dans la demeure de Rivoire, au risque d'y rencontrer quelque personnage indiscret. S'étant donc rapproché, il poussa la porte qui s'entr'ouvrit sans peine. Alors, un spectacle effrayant s'offrit au chevalier, qui demeura sur le seuil, immobile de stupeur. Au fond de la chambre enfumée apparaissait le lit de Germain, à rideaux de serge verte. Le garde-chasse, pâle et paraissant privé de vie, gisait sur sa couche. Un homme de figure sinistre et patibulaire, au teint jaune et ridé, vêtu d'habits singuliers, était penché sur le vieillard et tenait dans ses doigts maigres, effilés, une fiole vide. Il n'avait pas remarqué l'ouverture de l'huis, tant il était absorbé dans son œuvre criminelle.

Le sire de Torcy, ayant fait quelque bruit en s'avançant, l'homme à la fiole ne témoigna aucun étonnement, ne tourna pas même la tête ni les yeux, et dit d'une voix aigre :

— Messire, j'ai fini de besogner avec ce vieillard. Emportez-le, si vous le voulez, il ne se réveillera pas maintenant. Payez-moi donc comme nous en sommes convenus.

Le misérable avait à peine achevé, qu'un grand cri retentit derrière lui et fut suivi de la chute d'un corps s'affaissant lourdement sur le plancher. C'était le sire de Torcy qui tombait, inanimé, sanglant, au milieu de la chambre. Au moment où il avait voulu s'approcher du lit de Germain, une ombre avait surgi à ses côtés et lui avait porté rapidement dans le flanc un coup de dague.

Le personnage qui intervenait d'une façon si brusque et si dramatique était César Warlat, l'habile agent de Louis XI. Devinant le rendez-vous convenu entre Rivoire et Torcy, il avait médité de déconcerter leurs projets et d'agir avec la plus grande énergie, afin de gagner la partie. Warlat, semblable en cela à plusieurs des serviteurs du roi, ne reculait jamais devant le crime quand il pouvait servir les desseins de son maître, et il n'hésitait pas à faire entrer l'assassinat dans ses combinaisons ténébreuses.

Lorsque l'émissaire de Louis fut revenu à l'hôtel avec Torcy, le soir de l'entrevue, il fit semblant de rentrer dans son appartement, afin de mieux tromper son compagnon qu'il se mit à épier.

Ayant vu le sire de Torcy s'échapper furtivement, il le suivit avec précaution, gagna les écuries, sella lui-même son cheval et s'élança sur la route d'Augicourt, où il précéda de beaucoup le seigneur bourguignon. Il avait pris en route l'homme qui se tenait près du lit du garde-chasse.

Cependant le sire de Torcy, que la douleur avait presque fait évanouir, n'était point blessé grièvement. La pointe de la dague, dirigée vers le cœur, avait glissé sur une côte, sans atteindre les organes nécessaires à la vie. Néanmoins, comprenant qu'il était au pouvoir d'ennemis impitoyables, il ne fit pas un mouvement et laissa croire qu'il était frappé mortellement.

César Warlat, jugeant son ennemi mort sous le coup, le repoussa du pied dans un coin de la chambre. Ensuite, abordant l'homme à la fiole, qui ne s'était point ému de cette œuvre sanglante, il lui dit :

— Nous n'avons plus rien à craindre : ce chevalier ne peut plus nuire.

— Je regrette ce meurtre, répondit froidement celui que Warlat interpellait.

— Et la raison?

— Il nous compromettra.

— Vous êtes dans l'erreur.

— Je le voudrais. Mais cette mort fera du bruit, on prendra des informations.

— Ne le croyez pas.

— Cependant, quand on s'apercevra de sa brusque disparition, on en cherchera la cause, on fera des enquêtes.

— Nullement. La présence du sire de Torcy était ignorée dans le pays.

— Et à l'hôtel où il résidait avec vous, que pensera-t-on?

— On le croira parti. J'ai pris la précaution, en me jetant sur sa piste, de payer nos communes dépenses.

— Que ferons-nous de son cadavre?

— Nous l'emporterons tout à l'heure dans le bois, et tout sera dit.

L'homme à la fiole se tut. Warlat, s'approchant du garde-chasse, lui prit la main qu'il laissa retomber aussitôt en disant :

— Ce vieillard est mort aussi.

L'homme à la fiole sourit d'une façon sauvage, qui fit frémir son interlocuteur, et il répliqua :

— Admirez ici la puissance de notre art. Au moyen de breuvages dont la composition est notre secret, il nous est facile de plonger une créature humaine dans une léthargie semblable à la mort. Vous pouvez constater qu'il n'existe aucune différence entre un cadavre et cet homme.

— Ce garde-chasse n'est donc pas mort?

— Pas le moins du monde.

— Mais je ne voudrais pas qu'il recouvrât ses sens sur-le-champ.

— Soyez tranquille. Le sommeil qui le tient durera plusieurs jours. Il s'éveillera ensuite, dispos comme auparavant.

— Vous m'avez bien servi, je le reconnais, dit César Warlat.

— Vous convenez que j'ai gagné ma récompense?

— Parfaitement, et je m'empresse de vous la remettre.

Les yeux de l'homme à la fiole se dilatèrent et brillèrent d'un fauve éclat, quand l'agent royal tira une bourse pleine d'or.

— Voici cent pièces d'or, ajouta Warlat en déposant entre les mains de son interlocuteur un rouleau brillant.

Le complice de César regarda un instant la somme; son front se rembrunit, et il murmura d'un ton mécontent :

— Ce n'est que la moitié du prix convenu.

— Comment cela?

— Vous avez la mémoire courte, messire.

— Je ne me souviens de rien, je le jure par la Pâques-Dieu! pour employer les serments de mon maître, le roi Louis.

— Il faut donc que je vienne en aide à vos souvenirs. Voyons, ne m'aviez-vous pas promis cent pièces d'or pour empoisonner ce vieillard?

— En effet.

— J'avais préparé le venin.

— Je le sais.

— Puis vous m'avez prescrit de ne point l'administrer.

— C'est vrai.

— Alors, vous m'avez exposé qu'une longue léthargie servirait mieux vos plans que la mort. Je me suis engagé à vous satisfaire en ôtant au vieillard l'usage de ses facultés, tout en lui laissant la vie. Ai-je réussi, oui ou non?

— Vous avez pleinement réussi.

— Pour cette œuvre, vous m'avez offert cent nouvelles pièces d'or.

— Je ne discuterai point avec vous, dit César Warlat, non sans quelque dépit.

— En ce cas, payez.

— C'est ce que je vais faire.

Et aussitôt l'agent de Louis XI compta à son complice cent autres pièces d'or.

Le misérable qui venait, au moyen d'un breuvage inconnu, de plonger Germain Rivoire dans un sommeil léthargique, était un Bohémien. Il y avait cinquante-six ans seulement que les *Bohémiens* ou *Egyptiens*, comme on les appelait communément, s'étaient montrés à Paris pour la première fois; de là, ils s'étaient mis à parcourir la France.

Afin de mieux tromper la populace crédule qui prenait ces diseurs de bonne aventure pour des devins, ils débitaient une histoire curieuse. Ils racontaient que, nés dans la Basse-Egypte, ils avaient abandonné la religion de leurs pères pour embrasser celle des Chrétiens; que, retombés dans leurs premières erreurs, ils en avaient été relevés et absous par le Pape qui leur avait ordonné, pour pénitence, de courir le monde pendant sept ans.

Ils arrivèrent à Paris au nombre de vingt-deux, au mois d'août 1427, sous la conduite de deux chefs dont l'un se prétendait duc et l'autre comte. Le reste de la troupe, composée de cent vingt hommes, femmes et enfants, vint douze jours après. Les magistrats leur prescrivirent de rester au village de la Chapelle, entre Paris et Saint-Denis. Ils obéirent et publièrent qu'ils pouvaient prédire les bonnes et les mauvaises aventures.

Les Parisiens, surtout les femmes, attirés par la curiosité, les visitèrent dans ce village et les consultèrent sur l'avenir. Ajoutant foi à ces imposteurs, ils acceptèrent aveuglément tout ce qu'ils leur dirent, et de grandes divisions éclatèrent dans les familles.

L'évêque, averti des désordres que suscitaient ces Bohémiens, se rendit lui-même à la Chapelle, où un religieux prêcha avec force contre ces pratiques superstitieuses et excommunia par l'ordre du prélat tous ceux qui avaient montré leurs mains aux prétendus devins, ou qui se commettraient avec eux.

Ces anathèmes effrayèrent le peuple qui n'osa plus aller revoir les Bohémiens. Ceux-ci ne trouvant plus de clients, quittèrent le village de la Chapelle au bout de dix jours.

Les années suivantes, les Bohémiens se répandirent dans les provinces. De nombreuses bandes pénétrèrent dans le royaume, ainsi qu'en Angleterre.

On a retrouvé dans les vieux parchemins de nos bibliothèques l'original d'un jugement rendu contre deux Bohémiens, les condamnant à être brûlés vifs pour fait de sorcellerie, comme aussi pour avoir composé un breuvage qui plongeait celui qui le prenait dans un sommeil léthargique. Le Bohémien, complice de César Warlat, était le disciple de ces premiers aventuriers et l'héritier de leur funeste science. Quand il eut reçu le prix de son œuvre impie, il dit au chevalier qui l'avait si libéralement payé :

— Il faut emporter ce vieillard.

— Pas maintenant.

— Qu'attendez-vous?

— Qu'il soit enseveli et enterré.

— Il vaudrait mieux l'enlever immédiatement, ce me semble.

— Ce serait une faute.

— Tel n'est pas mon avis.

— En faisant disparaître le garde-chasse, nous causerons dans le pays une grande émotion ; on fera des recherches, on inquiétera peut-être vos amis. Tandis qu'en le laissant inhumer, nous aurons la faculté de le retirer secrètement de sa tombe pour le transporter où il nous plaira.

— Soit, puisque vous le jugez à propos, répondit le Bohémien.

— Maintenant, reprit César Warlat, occupons-nous du sire de Torcy ; et d'abord, effaçons les taches de sang qui révéleraient le meurtre.

Les deux complices se hâtèrent de laver le plancher, à la lueur vacillante d'une lampe de cuivre suspendue à la paroi qui faisait face au lit ; ils remirent tout en ordre dans la chambre de Rivoire, effacèrent tout indice accusateur, et s'approchèrent du cadavre.

— Est-il bien mort? dit le Bohémien en posant sa main sur le chevalier de Torcy.

— Je ne manque jamais mon coup, répondit César Warlat.

— Il n'est si bon cheval qui ne bronche, murmura le Bohémien entre les dents.

— Que dites-vous?

— Rien, si ce n'est qu'il ne faut point tuer à moitié ; mieux vaudrait s'abstenir.

— Voilà pourquoi j'ai tué tout à fait cet homme, dit César Warlat avec un sentiment d'orgueil cruel.

Le Bohémien ne jugea pas à propos de rien ajouter. Il se baissa, prit les pieds du sire de Torcy, tandis que César Warlat soulevait le haut du corps, et ces deux hommes chargèrent sur leurs épaules le chevalier qu'ils croyaient mort. Ils sortirent avec précaution du village, se dirigèrent vers les bois, et jetèrent le prétendu cadavre au fond d'un ravin.

— S'il n'est pas mort, la secousse ne peut manquer de l'éveiller, dit l'agent du roi avec un affreux sourire.

— S'il n'est que blessé, ajouta le Bohémien, la descente un peu brusque qu'il vient d'accomplir, le guérira pour toujours.

C'est ainsi que les deux misérables faisaient assaut de plates plaisanteries sur le compte de leur victime. Le terrible choc qu'éprouva Torcy en tombant, lui causa de telles douleurs qu'il perdit connaissance et demeura longtemps privé de sentiment. Revenu enfin à lui, il essaya de se soulever, mais il ne put que se traîner à quelques pas. Epuisé de cet effort, il retomba sur la terre nue qu'il arrosa de son sang. Alors, cueillant quelques herbes médicinales que le Ciel semblait avoir mis à sa portée, il les écrasa entre deux pierres, les appliqua sur sa blessure et banda le tout fortement avec l'écharpe de soie qui lui ceignait les reins. Cet appareil le soulagea immédiatement; il sentit se calmer la fièvre qui lui brûlait les veines, et il s'endormit profondément. Le soleil brillait au-dessus du bois au moment où le chevalier s'était abandonné au sommeil, les étoiles brillaient au firmament à l'heure ou il se réveilla. Ce repos bienfaisant et réparateur avait calmé sa fièvre ; il remuait facilement ses membres endoloris, et sa blessure le faisait à peine souffrir.

Le sire de Torcy se recueillit un instant pour se rendre compte de sa situation. Il se rappela peu à peu ce qui lui était arrivé, et par quelle série d'événements plus dramatiques les uns que les autres il avait passé avant de se trouver gisant au fond de ce ravin. Il se souvint de la chaumière de Germain Rivoire, de l'immobilité du vieillard, du coup de dague, et surtout de la conversation des deux complices.

Ces souvenirs le piquèrent au cœur comme un aiguillon et il se leva brusquement en s'écriant :

— Warlat, Warlat! je saurai déjouer tes sinistres projets. Je remercie Dieu qui n'a point permis que Germain pérît. Je le délivrerai, je le sauverai, et, avec le vieillard, le comte de Saint-Yon.

Plein de ces nobles pensées, le sire de Torcy quitta le ravin. Malgré sa faiblesse, il se mit en route pour Augicourt où il ne put pénétrer que la nuit suivante. Son premier mouvement fut d'appeler les paysans qui dormaient dans leurs maisons et de leur apprendre ce qu'il savait. Mais il ne donna pas suite à cette idée.

— A quoi bon, pensa-t-il, ébruiter ces faits terribles et en même temps mes projets? Il vaut mieux que je les poursuive seul. Les villageois ne me croiront pas si je leur dis que celui qu'ils pleurent n'est peut-être pas mort. En outre, ils m'inculperont de sacrilége si je fais ouvrir un tombeau pour y ressaisir un rivant. J'agirai seul. Si j'ai le bonheur de retrouver le garde-chasse et de le voir revenir à la vie, je partirai promptement avec lui pour la Bourgogne, je le présenterai à mes amis, il leur révélera lui-même le secret et fournira ainsi les preuves exigées par le roi.

Conformément à ces résolutions inspirées par la

sagesse, le sire de Torcy s'empara d'un hoyau et d'une pelle, et s'en alla droit au cimetière d'Augicourt. Il franchit la funèbre enceinte au moment même où minuit tintait à l'horloge de l'église dont l'ombre s'allongeait sur les pierres sépulcrales.

— Minuit! c'est une heure fatale et mystérieuse, se dit le sire de Torcy.

Et, pris d'un frisson involontaire, il se signa. Aux pâles rayons de la lune, il inspecta d'un coup d'œil la demeure des morts et ne tarda pas à découvrir un tertre fraîchement formé. Il supposa avec raison que le vieux garde-chasse reposait là, dans les bras d'un sommeil funeste, peut-être dans ceux de la mort.

Il se dirigea donc vers cette tombe récente ; mais, en y arrivant, il tressaillit et recula de deux pas : un fantôme s'était dressé devant lui. Il osa examiner le spectre et reconnut César Warlat, armé comme lui d'un hoyau et d'une pelle.

L'agent du roi, de son côté, reconnut le sire de Torcy, et il se demandait s'il avait devant lui un fantôme ou la réalité. Mais, après un instant de réflexions, il comprit le mystère, et même ne douta pas que Torcy, dans la chaumière de Rivoire, n'eût entendu sa conversation avec le Bohémien. Il résolut, cette fois, d'achever le meurtre et de se défaire pour toujours d'un témoin et d'un adversaire devenu plus à craindre que jamais. Cependant, renonçant à l'idée d'un combat immédiat, et espérant arriver au but par la ruse, il se rapprocha de Torcy et lui dit :

— Que venez-vous faire ici?

— Je vous adresserai la même question. Quel dessein vous amène en ces tristes lieux?

— Eh bien! je vous parlerai franchement ; aussi

bien, n'ai-je que peu de chose à vous cacher : mon intention est d'ouvrir cette tombe.

— Vous tenez à achever votre victime?

— De qui voulez-vous parler?

— Du vieillard que nous étions allés consulter ensemble et que vous avez si cruellement traité.

— Si j'étais aussi barbare que vous le prétendez, vous ne me rencontreriez pas ici à cette heure.

— Minuit vient de sonner, l'heure du crime.

— Vous m'accusez injustement; je désire rendre le vieux garde-chasse à la lumière et à la vie.

Torcy secoua la tête d'un air incrédule.

— Vous en doutez?

— Oui.

— Alors, je vous proposerai de m'aider à fouiller cette tombe.

— J'y consens; d'ailleurs, il n'y a qu'une pierre à enlever.

Et tous deux se mettant à l'œuvre, dégagèrent d'abord la terre qui recouvrait la pierre, tout en se surveillant attentivement. L'espèce de trève qu'ils avaient conclue était pleine de menaces; ces deux hommes convoitaient la vie l'un de l'autre, et épiaient l'occasion chacun de son côté. Ils aspiraient à mettre un autre cadavre à la place de celui du garde-chasse.

La bière était à découvert, et Torcy se tenait à demi-penché au-dessus de l'ouverture, quand César Warlat, jugeant le moment propice pour en finir avec son ennemi, lui porta brusquement un coup de hoyau à la tête. Le chevalier, sur ses gardes, évita l'atteinte de l'instrument, frappa lui-même l'agent royal en plein estomac et le renversa. Plus prudent que le serviteur de Louis XI, et connaissant par expérience le danger de faire les choses imparfaitement, il se préparait à achever son adversaire gisant sur le sol, lorsque Warlat lui cria d'une voix suppliante :

— Grâce, messire!

— Lâche! oses-tu bien m'implorer après avoir attenté deux fois à mes jours?

— Ecoutez-moi, je vous en conjure.

— Non; ton heure est venue, tu vas rendre ta vilaine âme à Satan!

— J'ai des révélations graves à vous faire.

— Je connais cette ruse, dit ironiquement Torcy : tous les criminels aux abois savent en user.

— Oserez-vous donc sauver le père après avoir tué le fils? s'écria le misérable qui ne savait plus comment détourner la main terrible levée sur sa tête.

— Que voulez-vous dire? demanda le seigneur bourguignon surpris.

— Que mon père n'est autre que le vieillard couché au fond de cette tombe.

— Vous vous jouez de moi, répondit Torcy irrité et s'apprêtant à accomplir son œuvre de vengeance.

— J'ai dit la vérité; je le jure par le Dieu qui va recevoir mon âme, si vous refusez de me croire.

Il y avait un tel accent de vérité dans ces paroles, que le chevalier s'arrêta, plein d'hésitation.

— Voyons, dit-il d'une voix rauque; exposez-moi cette fable en détail; que je sache si la fécondité de votre imagination égale votre couardise. Parlez.

Warlat ne se le fit pas répéter. Après avoir longuement respiré, car il étouffait de terreur et du coup qu'il avait reçu, il s'exprima en ces termes :

— J'affirme de nouveau que je suis le propre fils de Germain Rivoire. Séparé de lui pendant de longues années, par une catastrophe qui coûta la vie à ma mère, je fus élevé sous le nom que je porte actuellement, et je crus mon père mort.

— Comment, interrompit le Bourguignon, avez-vous subitement fait la découverte des liens de parenté qui vous unissent au vieillard? Cette reconnaissance me paraît venir trop à propos pour être vraie.

— Rien n'est plus exact, cependant. Il y a quatre ou cinq jours seulement qu'une circonstance singulière, et qu'il serait trop long de rapporter, me révéla l'existence de mon père.

— Avez-vous achevé? dit le sire de Torcy d'une voix sombre.

— Vous ne me croyez pas?

— Pardon, je vous crois parfaitement.

— L'accent de votre voix me prouve que vous parlez avec ironie.

— Vous êtes dans l'erreur, messire César Warlat; pourquoi n'ajouterai-je pas foi à vos dires?

Il y avait une telle indignation dans le ton du chevalier, et tant d'amère raillerie dans sa phrase, que l'agent royal frissonna sous la main qui le retenait à terre. Il se crut perdu. Torcy ajouta :

— N'ai-je pas de bonnes raisons d'être convaincu? Votre conduite à l'égard de celui que vous nommez votre père a prouvé, dans ces derniers jours, l'étendue de votre affection filiale.

— Epargnez-moi, messire; je ne mérite pas ces cruels reproches.

— Vous les méritez mille fois, si réellement Rivoire est votre père, puisque vous avez tenté de l'assassiner. En vous infligeant le châtiment dû à vos crimes, je délivrerai le malheureux garde-chasse, s'il vit encore, d'un fils dénaturé.

— Je n'ai point attenté à la vie de mon père, balbutia Warlat; j'ai sauvé le vieillard.

— Vous l'avez sauvé? pouvez-vous l'affirmer?

savez-vous si la mort ne l'a point saisi au fond de ce cercueil?

— Quoi qu'il en soit, j'ai fait tous mes efforts pour préserver sa vie, car j'étais porteur d'ordres terribles. Ils me prescrivaient de tuer Germain à tout prix. Ma tête devait répondre de l'exécution de ma mission, car le roi tient à empêcher le secret du garde-chasse de transpirer. J'éprouvai un cruel embarras lorsque je découvris ma parenté avec Rivoire, et je réfléchis longtemps aux moyens de concilier mes devoirs de fils avec mes engagements. Je me savais épié par ces nombreux affidés que Louis attache aux pas de ses serviteurs même les plus dévoués. Je me décidai à user du stratagème que vous savez.

— Ne craigniez-vous pas, demanda Torcy qui commençait à ajouter foi aux dires de Warlat, que votre père ne pérît, privé d'air, dans ce cercueil et dans cette tombe?

— Non. L'ensevelissement a été surveillé par le Bohémien et par moi-même. Le visage est resté libre, des trous ont été percés à la bière, et la pierre elle-même est perforée. Un tube, adapté avec soin, permet la circulation de l'air.

— Cependant, vous aviez réclamé du poison pour ce vieillard; je vous ai entendu faire allusion à cette circonstance.

— Il est vrai. Mais, je vous prie de remarquer que c'était avant la découverte de notre parenté. Dès que j'ai été instruit des liens qui m'unissaient à Germain, j'ai contremandé le poison et réclamé, à la place, un puissant narcotique. En agissant ainsi, je me sauvais et j'épargnais le garde-chasse. Mon intention était, comme je le fais, de venir la nuit, au cimetière, pour l'enlever de son sépulcre et le mettre en lieu sûr. De cette manière, non-seulement je m'abstenais de le frapper, mais je le préservais encore des mauvais desseins des gouvernants.

Le sire de Torcy ne perdait pas un mot de cet étrange récit dont il pesait dans son esprit chacune des affirmations. L'accent de Warlat, son assurance, ses serments, la possibilité des faits enfin, l'inclinèrent à croire.

— Vous m'avez dit la vérité? dit-il d'une voix grave.

— J'en prends Dieu et Notre-Dame à témoins.

— César, reprit le chevalier, je ne suis pas obligé d'accéder à vos prières et de vous laisser la vie. Toutefois, auparavant, il me faut une explication sur un point qui me tient au cœur.

— Je suis disposé à vous satisfaire entièrement, messire.

— Expliquez-moi pourquoi vous avez montré à mon égard un tel acharnement, alors même que vous me saviez l'ami de votre père et le confident désigné pour recevoir de hautes révélations?

— Je désirais me défaire d'un témoin importun et ne pas manquer à tous mes engagements envers le roi. D'ailleurs, je me proposais d'écarter de mon père quiconque eût été capable d'extorquer son secret : ce secret se fût éteint dans le silence, au lieu de périr dans la mort, et le but de Louis eût été atteint, bien que d'une manière différente de celle qu'il avait prescrite.

Le seigneur bourguignon parut satisfait de ces explications. En outre, la douleur de sa blessure s'étant réveillée, il sentit ses forces faiblir. Comprenant qu'il lui serait difficile de retirer seul le cercueil du vieillard, il dit à Warlat :

— Levez-vous, je vous fais grâce.

Et il lui tendit la main en ajoutant :

— Je crois à vos paroles et à vos protestations, et j'espère que vous serez homme d'honneur.

— N'en doutez pas : je n'oublierai jamais que je vous dois la vie. Mais il est temps d'achever l'œuvre pour laquelle nous sommes venus l'un et l'autre.

Le sire de Torcy accepta sans hésiter l'invitation de concourir avec Warlat à retirer le cercueil de la tombe. Ces deux hommes réunirent leurs efforts, et amenèrent bientôt à la surface du sol la bière qu'ils trouvèrent légère. Ils se hâtèrent de briser les planches qui la fermaient. A leur grande stupéfaction, ils s'aperçurent qu'elle était vide : elle ne contenait qu'un linceul blanc rempli d'un peu de terre. Nous n'essaierons pas de peindre leur colère et leur douleur. Ils se demandèrent quel pouvait être le ravisseur du garde-chasse, et conclurent l'un et l'autre que ce devait être le Bohémien. Lui seul, en effet, connaissait avec eux la léthargie du vieillard. Mais quel motif avait pu le porter à cet acte? Après quelque réflexion, une idée parut frapper l'agent de Louis XI.

— Je devine, dit-il à son compagnon.

— Quelle est votre pensée?

— Je suis perdu, peut-être.

— Comment cela?

— Le Bohémien me dénoncera.

— Il ignore les intentions du roi.

— Je crains qu'il ne les connaisse parfaitement.

— Vous vous alarmez à tort.

— Malheureusement, non. Ce que je redoute, ce que je pressens, est arrivé plus d'une fois.

— Que supposez-vous donc?

— Que le Bohémien m'a trahi. Chargé, sans doute, de m'espionner, et voyant que je remplissais mal ma mission, il l'aura exécutée à ma place en s'emparant de Germain Rivoire et en le faisant périr, peut-être.

Il y avait tant de douleur dans l'accent de César Warlat, que le sire de Torcy en fut touché. Il essaya de le rassurer, mais en vain.

— N'ai-je donc retrouvé un instant mon père, soupirait-il, que pour le perdre misérablement aussitôt? Et encore, j'aurai à me reprocher d'avoir été l'artisan de sa ruine.

Le seigneur bourguignon, s'associant aux regrets de Warlat, l'engagea à espérer encore.

— Promettons-nous d'unir nos efforts pour découvrir ce qu'est devenu le vieux garde-chasse, lui dit-il.

— J'accepte, répondit l'agent du roi. En ce point, du moins, nous sommes d'accord et nous poursuivons le même but.

Et ces deux hommes qui, un instant auparavant, cherchaient à s'arracher la vie, jurèrent sur la tombe vide du vieillard de ne prendre de repos qu'au moment où ils connaîtraient le sort de Rivoire. Ensuite, rejetant le cercueil dans la fosse, ils replacèrent la pierre et reformèrent au-dessus le tertre tel qu'il existait d'abord.

Cela fait, ils partirent pour commencer leur enquête.

IX

TRISTAN L'HERMITE.

Onze jours après la scène dramatique du cimetière d'Augicourt, le maître redouté du château du Plessis-lès-Tours dépêcha un courrier à Tours, chez le comte de Romont. Le vieux seigneur pâlit à la vue du messager royal, car il comprenait que le bourreau réclamait sa proie.

— Le roi, notre sire, dit le courrier, désire savoir si vous êtes prêt à vous présenter devant lui, dans la journée.

— Le roi nous mande-t-il positivement?

— Oui, messire ; il ne souffrira pas de délai.

— Nous obéirons, répondit le comte d'une voix triste.

Ce qui causait une telle angoisse au sire de Romont, c'est que ni le comte de Nassau, ni les sires de Torcy et de Cravant n'avaient reparu. Partis à la recherche de Germain Rivoire et du Bohémien qu'on supposait avoir exhumé le vieillard, ils n'avaient point encore donné de leurs nouvelles : signe funeste qui témoignait de leur insuccès.

Prenant donc avec lui deux autres seigneurs, le comte de Romont, le cœur navré de douleur, se dirigea lentement vers le formidable manoir. Ayant franchi l'enceinte fortifiée, il fut admis en la présence de Louis XI avec le même cérémonial et des précautions plus grandes encore peut-être que la première fois. Il aperçut aux côtés du prince la figure cauteleuse de Jean Doyat et le sinistre Tristan l'Hermite. L'aspect de ces personnages ne présageait rien de bon. Le roi prit la parole et dit :

— Messire de Romont, il y a vingt jours aujourd'hui que vous vîntes en notre château du Plessis.

— Il est vrai, Sire.

— Vous voyez que j'ai bonne mémoire, reprit Louis en souriant. La maladie n'a aucunement affaibli mon sens.

— Je dois en convenir.

— Vous vous rappelez, sans doute, la convention passée alors entre nous?

— Bien que ma mémoire soit moins fidèle que la votre, Sire, je n'ai rien oublié.

— J'en suis bien aise. Il est toujours désagréable de discuter sur de pareilles choses. Je vous tiens pour homme d'honneur, comte de Romont.

— Votre Majesté a raison, je le suis.

— Et j'ai pleine confiance en votre loyauté.

— Je vous suis reconnaissant, Sire, de la bonne opinion que vous avez de moi, répliqua le seigneur bourguignon avec quelque embarras, car il ne voyait pas où le roi voulait en venir.

— J'aime à croire que vous êtes en mesure d'exécuter vos promesses.

— Lesquelles, Sire? dit Romont étonné.

— Vous disiez bien, votre mémoire ne vaut pas la mienne, ajouta le roi avec une ironie mordante. Il faut donc que j'aide vos souvenirs. N'aviez-vous pas assuré que vous apporteriez aujourd'hui la preuve que Jean de Saint-Yon est le fils de Charles-le-Téméraire ?

— Je l'avoue.

— Eh bien ! ces preuves, où sont-elles ?

— Je suis forcé de l'avouer à Votre Majesté, nous avons été sur le point de les tenir, car elles existent, je n'en fais aucun doute.

— Ensuite ?

— Au moment où nous nous croyions certains du succès, et où nous nous réjouissions d'établir l'illustre origine de Jean de Saint-Yon, toutes nos espérances ont été déjouées.

— Et ces preuves, si hautement annoncées, vous ne les avez pas ?

— Non, malheureusement. Un concours fatal de circonstances a déconcerté sans cesse nos recherches. Le vieillard qui possédait le secret est mort, sans que nous ayons pu l'interroger.

Là-dessus, le comte de Romont rapporta ce qui a été raconté au chapitre précédent, sauf ce qui suivit l'inhumation du vieux garde-chasse.

— Tout cela ne prouve rien en faveur de Jean de Saint-Yon, dit le roi. Je n'y vois qu'une histoire inventée à plaisir.

— Sire, s'écria le vieux chef, vous outragez ma vieillesse en me supposant capable de mentir !

— Je ne suppose rien, ajouta Louis. Mais je ne suis pas obligé de vous croire sur parole.

— Je suis un chevalier loyal.

— Je ne le nie pas. Je rends hommage à vos talents guerriers comme à votre honorabilité, repartit le roi toujours caustique, et qui voulait faire allusion aux défaites essuyées jadis par le comte de Romont. Mais, n'est-ce pas à la cour de l'un de vos maîtres qu'on professait cette belle maxime : que le langage n'a été donné à l'homme que pour déguiser sa pensée ?

Le seigneur bourguignon se mordit les lèvres de rage, à cette nouvelle avanie; mais il eut la prudence de se contenir, craignant, s'il éclatait, de compromettre ses compagnons et surtout d'aggraver la position déjà si périlleuse de Jean de Saint-Yon. Louis, voyant qu'il gardait le silence, ajouta :

— Les vingt jours de délai sont écoulés, je reprends ma parole.

Et comme le comte de Romont baissait la tête, il continua :

— Vous ne nierez pas au moins que je n'aie agi de bonne foi, et que je ne sois dans mon droit en parlant comme je le fais.

— Je suis contraint de le reconnaître, répondit le vieux chef. Mais Votre Majesté me permettra de lui adresser une supplique.

— Parlez; que désirez-vous?

— Sire, vous serez clément.

— Est-ce un conseil ou une censure que vous formulez? dit le roi d'un air sévère.

— C'est une prière.

— Je ne les aime point en ces formes.

— Ayez pitié d'un innocent.

— Vous plaidez la cause d'un imposteur, puisqu'il ne peut justifier de prétentions qui me contestent mes plus belles provinces.

— Au moins, Sire, un court délai encore. Songez que les preuves peuvent arriver d'un instant à l'autre.

— Vous avez eu vingt jours; cela suffit.

— Quels regrets n'aurait pas Votre Majesté si plus tard elle apprenait qu'elle a fait périr indûment un prince de son sang.

— Ne vous mettez pas tant en peine de moi, messire : des regrets, je n'en éprouve jamais.

— Ne soyez pas inexorable.

— Je remplis mon métier de roi. Je ne dois avoir qu'une parole. Feu le Téméraire, votre maître, me reprochait de manquer à mes engagements. Si, de l'autre monde, il voit ce qui se passe en celui-ci, il reconnaîtra que je me suis amendé.

Le comte de Romont et ses compagnons, accablés par ces railleries impitoyables dont Louis avait la cruelle habitude, ne répondirent pas, sentant bien que toute instance serait inutile. Le roi reprit :

— Je suis fâché pour vous, comte de Romont, que vous n'ayez pas réussi. Mais la bonne volonté que vous y avez mise doit vous consoler.

— La jeunesse du prisonnier ne vous semble-t-elle pas digne de quelque miséricorde? reprit le vieux seigneur bourguignon. Gardez-le dans la plus rigoureuse captivité, si vous le voulez; mais épargnez sa vie.

— Je suis surpris, dit Louis avec un regard fulgurant, que vous reveniez sur vos propres paroles d'il y a vingt jours. N'avez-vous pas avoué que si les preuves n'arrivaient pas, le captif subirait justement la mort comme imposteur?

— Mais son crime n'est pas démontré.

— La culpabilité de Jean de Saint-Yon est évidente à mes yeux ; il doit donc périr. N'insistez plus sur ce point, vous m'offenseriez grièvement. Allez; vous pouvez vous retirer.

En achevant ces mots, Louis se leva, et le panneau se referma. Le malheureux comte de Saint-

Yon était désormais condamné. Les députés bourguignons s'éloignèrent du château, la mort et le désespoir dans l'âme.

Louis XI, ayant regagné ses appartements avec Tristan l'Hermite et Jean Doyat, se tourna vers le premier et lui dit :

— Mon compère!

— Sire! dit le prévôt des maréchaux en s'inclinant devant le monarque.

— Il est temps d'en finir avec ce maudit comte de Saint-Yon.

— Je suis de l'avis de Votre Majesté.

— Le délai étant expiré, nous pouvons agir sans que personne ait rien à réclamer.

— Assurément.

— D'ailleurs, je suis le maître, et m'inquiète peu des plaintes des Bourguignons.

— Vous avez raison.

— Ainsi donc le jeune homme doit périr.

— A quand l'exécution?

— A demain, si tu n'y vois d'obstacle.

— Aucunement.

— C'est chose réglée.

— Parfaitement. Quel supplice doit-on infliger au prisonnier?

— Je te laisse la liberté du choix.

— Je ferai pour le mieux.

— Ton zèle m'est connu, il suffit.

— Sire, dit à son tour Jean Doyat, oserai-je vous soumettre une observation?

— Je te le permets.

— Votre Majesté ne penserait-elle pas qu'il serait utile et sage de traduire le prisonnier devant des juges, et de le faire condamner juridiquement?

— Il est certains cas où il n'est meilleur juge

que moi, et tel est celui dont il s'agit. Songe, maître Jean des habiletés, que la politique parle ici et ordonne la mort de Saint-Yon. Il faut toujours obéir aux exigences de la politique. Or, personne mieux que moi en France ne saurait juger ce qui convient ou ne convient pas, en fait de politique. Lorsqu'il m'arrive de chevaucher, mon cheval, comme dit le peuple, porte le roi et son conseil.

Doyat se tut, et le prévôt ne put réprimer un sourire de triomphe. Le ministre de Louis opinait toujours pour les mesures cruelles dont il était ordinairement l'exécuteur. Au reste, la plupart du temps, il épargnait à son maître la peine de donner des ordres, agissant de son propre chef, faisant pendre, noyer, géhenner qui il lui convenait.

Tristan l'Hermite était un homme de puissante stature, aux traits épais, aux regards fauves, aux cheveux et à la barbe rudes; ses sourcils noirs et longs ombrageaient vilainement ses yeux; une expression de férocité bestiale contractait continuellement sa bouche. Debout jour et nuit comme un chien de garde, il parcourait sans cesse le château, les prisons, les alentours du Plessis. Cerbère humain, il était bien plus difficile à tromper ou à endormir que le chien à trois gueules placé par les anciens à la porte de leur enfer. Il faut lui imputer la plupart des crimes commis dans les dernières années de Louis XI.

Le lendemain, avant le jour, Tristan l'Hermite, accompagné de trois satellites, descendit les marches qui menaient aux cachots souterrains du château. La porte énorme bardée de fer grinça sur ses gonds, et le prévôt pénétra dans le compartiment qui renfermait les cages de fer. Il alla droit à celle du comte de Saint-Yon.

— Messire, dit-il au jeune homme en s'inclinant ironiquement, voici l'heure de votre délivrance.

Jean et le comte de Chimay qui entendirent ces paroles, crurent que Tristan parlait sérieusement. Il ne leur vint pas à l'idée qu'on pût se jouer d'un malheureux, à l'heure du supplice. Déjà, ce retard mis à s'occuper d'eux, alors qu'ils s'attendaient à une prompte condamnation, leur avait fait supposer que le roi se contenterait de les retenir prisonniers comme il avait fait de beaucoup de leurs amis.

Seul, le vicomte de Châteauneuf ne s'abusa point sur le sens des paroles du prévôt, et il eût voulu pouvoir prévenir le malheureux Jean de Saint-Yon ; mais la présence des satellites ne le lui permit pas.

Cependant le jeune homme ayant été délivré de ses chaînes, fut invité à sortir de sa cage. Bien qu'il y fût à peine depuis un mois, il trébucha dès le premier pas; les épreuves qu'il avait subies, le défaut d'air, la mauvaise nourriture, le chagrin d'être séparé de sa noble épouse, tout cela l'avait affaibli et il se soutenait difficilement. Comme il n'avançait pas assez vite au gré de ses bourreaux, ceux-ci furent obligés de le porter dehors.

Tandis que le comte de Saint-Yon, aux mains de ses ennemis, quittait sa prison, Claude de Chimay put apprendre de Châteauneuf que ces préliminaires annonçaient une catastrophe. Le vieillard, outré de douleur, ne réussit pas à se contenir, et d'une voix brisée, il accabla Tristan de reproches mérités. Mais le compère du roi n'y prit point garde et ne daigna pas répondre à ces invectives impuissantes. Le comte adressa ensuite les adieux les plus touchants à celui qu'il appelait son jeune maître et son fils.

— Ayez confiance en Dieu, noble victime de

haines infernales; s'il permet que vous succombiez ici-bas, il vous rendra justice dans un autre monde. Il vengera votre innocence persécutée et vos droits méconnus.

Le comte de Saint-Yon, qui franchissait en ce moment la porte du cachot, comprit que son sort était décidé, et il poussa un long et douloureux gémissement qui parvint aux oreilles de Claude de Chimay. Le vieillard ajouta d'une voix entrecoupée de sanglots :

— Vous partez le premier, ô mon fils; j'espère vous rejoindre bientôt là où nous ne serons plus séparés.

Un nouveau gémissement répondit à ces plaintes désolées, et Claude poursuivit :

— Hélas! la fortune est bien rigoureuse; ce n'était pas à vous à me précéder; votre brillante jeunesse vous promettait de longues années. C'est moi, malheureux, qui ai hâté le terme de vos jours en vous arrachant à la paix de votre manoir. Pardonnez-moi, ô mon jeune maître.

— Je dois bien plutôt vous remercier que vous accuser, généreux ami, soupira le jeune homme; non content d'avoir donné vos soins à mon enfance, vous vous êtes sacrifié pour me rendre l'héritage de mes pères et le nom illustre qui m'a été refusé jusqu'ici.

— Merci, enfant, ces paroles me font du bien; elles calmeront mes remords; ma dernière heure sera moins sombre. Tu es toujours tel que je t'ai connu, bon, dévoué, t'oubliant toi-même.

— Recevez aussi mes adieux, fils de Charles-le-Téméraire! cria à son tour Châteauneuf qui n'était pas fâché de donner un tel titre à Saint-Yon en présence du compère du roi, et qui mettait dans ces paroles une intention de bravade. Mais surtout, n'oubliez pas! n'oubliez pas!

Evidemment ces derniers mots faisaient allusion à des recommandations mystérieuses; Tristan l'Hermite le comprit et ordonna d'emmener plus rapidement encore le prisonnier, qui cependant eut le temps de répondre :

— Adieu, noble vicomte de Châteauneuf. Vos instructions sont gravées dans ma mémoire.

Le jeune homme achevait, quand la lourde porte des prisons souterraines se referma derrière lui. Châteauneuf avait paru ému, mais beaucoup moins que le comte de Chimay. Claude, se sentant irrévocablement séparé de son pupille et de son jeune maître, donna un libre cours à son désespoir; il éclata en sanglots et accabla le roi et ses suppôts de malédictions. Le vicomte de Châteauneuf essaya de le consoler.

— Dans de pareilles circonstances, dit-il, on doit espérer jusqu'au dernier moment. Pour moi, tant que le crime ne sera pas consommé, j'aurai confiance dans un retour heureux de l'étoile de la maison de Bourgogne. Imitez-moi donc et ne pleurez pas comme morts ceux qui sont encore en vie.

— Ce serait nous abuser cruellement, Raoul, répliqua le comte de Chimay d'une voix brisée, que de compter à cette heure suprême sur un acte de clémence et de compassion, de la part de tigres qui ont soif de sang.

— Aussi n'est-ce pas ce que j'attends.

— Ce n'est pas ce que vous attendez! répéta le vieillard surpris.

— Non, en vérité.

— Que voulez-vous dire?

Châteauneuf, craignant sans doute de s'être explique trop clairement en présence, peut-être, de témoins invisibles, repartit :

— Il suffit, messire, ne poussons pas plus loin cet entretien. Nous sommes seuls, je le crois ; mais il faut toujours se défier en ces lieux maudits. Vous comprenez ce que je veux vous faire entendre ?

— Parfaitement.

Alors tout rentra dans un lugubre silence. Le comte de Chimay et le vicomte de Châteauneuf suspendirent la conversation pour se livrer, chacun de son côté, à de douloureuses réflexions.

Cependant, Jean de Saint-Yon, traîné plutôt que porté, arriva dans l'une des cours du château. Sous l'impression de l'air pur et du soleil qu'il n'avait pas vu depuis un mois, le jeune homme chancela, et parut prêt à défaillir. Les roses de son teint avaient pâli au milieu des misères de la captivité ; un cercle bleuâtre entourait ses yeux abattus, et ses joues amaigries indiquaient assez combien il avait souffert. Le prévôt considérait avec une joie féroce la victime de haines politiques implacables ; et, dans ce moment où la nature semblait s'affaisser, il jeta ce cruel outrage à la face de Saint-Yon.

— Vous tremblez, messire : vous n'êtes pourtant pas encore à moitié chemin.

A cette lâche insulte, la fierté de Jean se réveilla, le sang fouetta vivement ses joues pâles, un éclair de colère jaillit de son regard, et ces mots méprisants tombèrent de ses lèvres décolorées :

— Fais ton métier, bourreau, et n'outrage pas tes victimes.

— Le jeune aiglon chasse de race ! dit Tristan à demi-voix. Il est temps d'étouffer ce beau feu, sans quoi notre maître pourrait en pâtir.

Le jeune homme, qui avait sans doute entendu

une partie de cet ignoble propos, ne daigna pas le relever. Il baissa la tête d'un air triste et résigné.

Le compère du roi, se tournant vers l'un de ses satellites, lui ordonna d'apporter un sac. Il y en avait une bonne provision au manoir, et ils servaient à noyer presque chaque nuit quelque malheureux. Ces exécutions se faisaient même parfois en plein jour. Ils affrontaient avec une audace inouïe la réprobation publique, à laquelle ils répondaient par la terreur et par de nouveaux supplices.

Le sac ayant été apporté, le prévôt fit signe qu'on s'emparât du condamné. Le comte de Saint-Yon, debout, regardait les apprêts du supplice avec une dignité calme, qui imposait à ses bourreaux. Voyant que l'heure approchait, il leva son regard sur Tristan, et lui dit :

— Messire, je vous adresserai une demande qu'on doit toujours accorder à un chrétien.

— Que désirez-vous? s'écria d'une voix rauque le compère du roi.

— Un prêtre.

— Qu'en ferez-vous?

— J'implorerai du ministre de Dieu un dernier pardon, une bénédiction suprême.

— Nous n'avons pas le temps, répondit Tristan. D'ailleurs, à quoi bon? Vous en trouverez assez dans l'autre monde.

Jean de Saint-Yon ne répondit pas ; mais il éleva les yeux vers le Ciel, comme pour le prendre à témoin du refus cruel de ses persécuteurs. Les satellites le saisirent et le plongèrent dans le sac, la tête la première, après lui avoir garrotté les mains ; ensuite, l'entrée du sac fut solidement cousue.

L'opération accomplie, deux hommes saisirent le sac ; entourés de leurs camarades que guidait Tristan l'Hermite, lui-même, ils sortirent du château et s'avancèrent vers le fleuve. L'un des satellites, portant une petite lanterne, les précédait de quelques pas et éclairait la route. Le voyage se fit dans un sombre silence, et on n'entendit sortir du sac ni plainte ni gémissement.

Quand le cortége fut parvenu au fleuve, qui coulait large, impétueux et profond, le prévôt ordonna de déposer le condamné sur la rive et lui dit :

— Récite ta dernière prière. Dans quelques minutes tu feras connaissance avec les poissons de la Loire.

Le comte de Saint-Yon fit un mouvement, comme pour s'agenouiller; mais il n'y put réussir, tant il était serré dans le sac. Cette tentative excita les rires des satellites, aussi impitoyables que leur chef. Bientôt Tristan ordonna aux misérables qui l'accompagnaient de soulever le condamné; ils se mirent deux aux pieds, deux à la tête.

— Attention, camarades, dit le compère du roi; prenez bien vos mesures, et imprimez au paquet un élan convenable, afin qu'il tombe en plein courant.

— Soyez tranquille, messire, répondit l'un des satellites; nous ne compromettrons pas ici notre vieille réputation ; nous savons tuer avec le glaive, noyer dans le fleuve, ou géhenner dans les cachots, le tout dans les règles.

L'homme qui tenait la lanterne s'approcha du bord de la Loire, et éleva la lumière de façon à éclairer au loin les eaux qui roulaient fangeuses, entraînant avec elles mille débris de branches d'arbres et de roseaux. Les satellites, qui tenaient le sac, balancèrent le fardeau et le lancèrent en plein fleuve. Le gouffre s'ouvrit en écumant et se referma sur la victime. Pas un cri n'avait troublé ce drame terrible. Le bouillonnement de l'eau s'apaisa, les orbes décrites à la surface s'élevèrent, puis s'effacèrent peu à peu et ce fut tout.

Tristan l'Hermite, spectateur impassible de cette scène lugubre, laissa échapper un éclat de rire sauvage en voyant disparaître le comte de Saint-Yon dans la Loire; cet homme n'était pas même capable de la retenue que s'imposent ordinairement les plus atroces scélérats. Après s'être assuré que le fleuve gardait sûrement la victime qu'il lui avait confiée, il reprit avec ses satellites la route du Plessis.

Le soir de ce jour fatal, le compère du roi fit une seconde visite à la prison souterraine où Jean de Saint-Yon avait été renfermé, et il se dirigea vers la cage du comte de Chimay. Le vieillard tressaillit d'horreur à la vue du prévôt, et, se soulevant dans ses fers, il lui dit :

— C'est à moi, sans doute, que vous en voulez maintenant, digne valet d'un exécrable maître.

— Vous devinez juste, et je vous fais compliment de votre rare perspicacité, répondit Tristan avec une amère ironie.

— Il faut être, comme vous, pétri de bassesse et de lâches intentions pour oser railler les malheureux qui vont mourir, reprit Claude de Chimay. Peu d'hommes seraient capables de l'infâme métier que vous faites-là.

— De quoi vous plaignez-vous, messire? dit le prévôt avec un regard haineux; je viens vous délivrer à votre tour.

— Je sais le sort qui m'attend.

— Je n'ai donc rien à vous apprendre. Soyez calme, messire; cela sied à un vieillard.

— Je n'ai que faire des conseils d'un misérable tel

que toi, dont la main se trempe sans cesse dans le crime.

— Vous regrettez de mourir?

— Non, certes; loin de là. Depuis que j'ai vu disparaître le noble adolescent que j'aimais comme un fils, la vie m'est à charge, et je bénirais presque la main qui m'en délivrerait, si ce n'était celle d'un monstre comme toi.

— Vous pouvez m'injurier à l'aise. De tout temps les exécuteurs de la justice ont eu tort aux yeux des condamnés; je ne dois pas faire exception à la règle.

Le comte de Chimay s'abstint de nouvelles récriminations. En effet, à quoi bon chercher à exciter le remords d'un homme qui se glorifiait de son infamie et qui se posait presque en calomnié? Toutefois, en sortant de sa cage, Claude ajouta :

— Quel supplice me destinez-vous?

— Ah! le genre de mort vous intéresse?

Le vieillard rougit d'indignation, mais il se tut, et Tristan poursuivit :

— Vous serez pendu; c'est là une fin éminente.

— Vous avez sans doute infligé cette mort honteuse à Jean de Saint-Yon? se contenta de dire le comte de Chimay.

— Il a péri d'une autre façon, et je ne tiens pas à vous en faire mystère : nous l'avons noyé, cousu dans un sac; c'était plus court, plus sûr et moins bruyant.

Le comte de Chimay, ayant franchi la porte de sa cage, traversa d'un pas pénible le long corridor qui aboutissait à l'escalier et s'arrêta au bas des degrés pour reprendre haleine.

— Allons, messire, dit le prévôt, vous y mettez trop de cérémonies; le temps presse.

— Ne voyez-vous pas que je ne puis avancer? répondit Claude de Chimay en faisant un effort qui ne servit qu'à le faire trébucher sur la première marche de l'escalier.

— La route ne sera pas longue, reprit Tristan qui ordonna d'un geste à ses satellites de soutenir le vieillard.

Le triste cortége, ayant traversé le pont-levis du château, s'arrêta devant les remparts sous lesquels une potence se dressait. Le comte de Chimay regarda sans pâlir l'instrument ignominieux du supplice. Puis, avant de livrer son cou à la corde qui se balançait le long du gibet, il parla ainsi d'une voix vibrante :

— Roi de France, et vous Tristan l'Hermite, je vous ajourne d'ici à un an au tribunal de Dieu, et je vous cite à comparaître devant lui pour y rendre compte de vos méfaits.

Le prévôt, furieux de cette protestation solennelle qui pouvait être rapportée au prince et le mettre en alarmes, ordonna de procéder sur-le-champ à l'exécution du condamné, dont le corps hissé à la potence s'agita un instant dans le vide pour rentrer dans l'immobilité de la mort.

Ce dernier meurtre, nous devons le dire, n'avait point été commandé par le roi, qui savait même à peine que Claude de Chimay fût dans les cachots du Plessis-lès-Tour. Tristan l'Hermite seul avait ordonné le supplice, et il se permettait fréquemment de pareils actes, abusant, pour satisfaire ses passions, de la mauvaise santé du prince. Depuis longtemps le compère du roi haïssait mortellement le comte, et il saisit avec empressement l'occasion d'exercer sur lui sa vengeance.

X

LA CLIENTÈLE DE MAÎTRE COICTIER.

Cependant toutes les recherches de César Warlat et du sire de Torcy pour découvrir le vieux garde-chasse, Germain Rivoire, avaient été infructueuses. Ils avaient parcouru une partie de la province d'Artois et ouvert de nombreuses enquêtes, sans même réussir à trouver un indice qui pût les guider.

C'est qu'ils avaient cherché partout, excepté dans le seul lieu où il y avait chance de succès d'atteindre le but : le château de Plessis-lès-Tours. En effet, le Bohémien, employé par l'agent du roi, avait trahi la confiance de son patron. Payé d'abord pour emprisonner le vieillard, et ensuite pour le plonger dans un sommeil léthargique, il s'était douté que Warlat, infidèle à ses ordres, avait de graves motifs pour changer si brusquement de dessein. Il s'en alla donc trouver un émissaire du roi, et lui annonça qu'il était maître d'un secret important, qui, vraisemblablement, intéressait le prince.

— De quoi s'agit-il? dit l'espion.

— Je ne parlerai qu'à bon escient, répondit le Bohémien en ricanant.

— Alors que venez-vous faire auprès de moi?

— Vous proposer un marché.

— Expliquez-vous.

— Je vous révélerai ce que je connais, à une condition dont je ne puis me départir.

— Laquelle?

— C'est que vous me paierez bien.

— Me croyez-vous cousu d'or?

— Non; mais vous appartenez à un maître libéral, qui met toujours aux mains de ses agents les moyens de tout acheter.

— Sais-je si votre secret vaut le prix que vous y mettez?

— N'en doutez pas.

— Qui me le garantit?

— Moi.

— Cela ne suffit pas.

— Eh bien! la communication que j'ai l'intention de vous faire concerne César Warlat.

— Vous le connaissez? reprit l'agent avec un intérêt qu'il ne put dissimuler.

— Assurément.

— Vous l'avez rencontré?

— Oui, la nuit dernière.

— Où?

— Dans la maison d'un vieux garde-chasse nommé Germain Rivoire, au village d'Augicourt.

L'agent réfléchit un instant. Puis, enveloppant le Bohémien d'un regard pénétrant :

— Quelle somme exigez-vous pour me livrer le secret dont vous parlez?

— Cent mille pièces d'or; rien à moins.

— C'est cher.

— Je ne céderai pas un denier.

— Soit; vous aurez la somme. Maintenant exposez-moi ce que vous avez appris.

— Permettez, messire : les bons comptes font les bons amis. Payez d'abord, je parlerai ensuite.

L'émissaire sourit de la défiance du Bohémien ; il lui compta sur-le-champ les cent mille pièces d'or, et reçut la confidence de la scène qui s'était passée chez le garde, la nuit précédente.

Le soir, sans perdre de temps, les deux hommes se rendirent au cimetière d'Augicourt, avec les instruments nécessaires pour retirer le cercueil de la tombe. En quelques instants, ils exhumèrent le vieillard, remplirent le linceul de terre, comblèrent la fosse, puis transportèrent le garde-chasse dans une retraite sûre, où nul n'eût pu le découvrir.

Germain sortit de sa léthargie au temps annoncé par le Bohémien, et s'éveilla tout à fait. Il parut dans un trouble extrême, et divagua quelques instants. Dans cette sorte de délire, il parlait du duc Charles, d'un enfant mystérieux, de trésors enfouis, de diamants dérobés aux regards des hommes; l'émissaire et le Bohémien l'écoutaient, cachés derrière une tapisserie. Ils se montrèrent à la fin, et le vieillard fixant sur eux son œil hagard, incertain, garda le silence. En vain les deux affidés voulurent-ils l'amener à un entretien, il se tut obstinément. L'agent du roi, se tournant vers le Bohémien, lui demanda :

— Que veut dire ceci?

— Cet homme est tombé en démence, répondit le Bohémien déconcerté.

— Nous n'en pourrons rien tirer?

— Je l'ignore.

— D'ailleurs, reprit l'émissaire, l'intention du roi était qu'il mourût.

— Cependant, ajouta l'Egyptien, les phrases incohérentes tombées de ses lèvres sembleraient indiquer qu'il possède, outre le secret dont vous m'avez dit un mot tout à l'heure, relativement à un rejeton de la maison de Bourgogne, la connaissance de grandes richesses cachées à l'intention du jeune homme. Le roi ne serait sans doute pas fâché d'avoir là-dessus des éclaircissements.

— Vous avez raison; mais que faire, si ce vieillard reste fou?

— Le breuvage que je lui ai donné a affecté le système nerveux; le temps réparera le mal, je l'espère. Avant d'aller plus loin, je crois qu'il serait prudent d'informer le roi des incidents qui viennent de se produire.

— Tel est mon avis.

Conformément à cette conclusion, l'émissaire envoya au Plessis-lès-Tours le rapport détaillé de tout ce qui s'était passé au sujet de Germain Rivoire. Louis XI, entendant parler de trésors, s'imagina que le vieillard possédait le secret de grosses sommes cachées autrefois par les amis du duc Charles. Plein de cette idée, il manda à son agent de prendre le plus grand soin du garde-chasse, de le guérir, et de l'amener promptement au Plessis.

L'émissaire, obéissant aux vœux du monarque, conduisit le vieillard au château, et Louis prescrivit de l'enfermer dans le donjon pour y être traité par maître Jean Coictier, son propre médecin.

— Maître Coictier, dit le roi au médecin en lui confiant le malade, je double vos honoraires, si vous réussissez à guérir cet homme.

— Sire, j'y ferai de mon mieux.

— Vous l'avez examiné?

— Complétement.

— Qu'espérez-vous?

— Il n'est pas de mal qui résiste à mon art, quand je suis appelé à temps.

— C'est consolant pour ceux que vous soignez, maître Coictier, reprit Louis d'un air satisfait.

— Jé dis la vérité, ajouta le médecin avec sa suffisance habituelle.

— Ainsi, vous rendrez à ce vieillard le sens et la raison?

— Je m'y engage.

— Le traitement durera-t-il longtemps?

— Pourquoi cette question, Sire? demanda insolemment Coictier.

— Parce que je n'aimerais pas à attendre indéfiniment.

— Il dépend de vous de hâter le dénouement.

— Comment cela?

— En me payant double dès aujourd'hui, au lieu d'attendre après la guérison.

— Vous êtes exigeant, maître Coictier.

— Nullement : je m'estime à ma valeur.

— Soit donc, puisque vous le voulez! soupira Louis. Mais pas de retard.

— Soyez tranquille; j'y mettrai tout mon savoir, et, j'ose le dire, il n'est pas médiocre.

Le médecin se mit à l'œuvre, comme il l'avait promis, avec promptitude, avec rage même, multipliant les remèdes, les douches d'eau froide, les frictions énergiques sur le crâne. Mais tout fut inutile, et Coictier, désespéré, avait juré que le malade, s'il ne guérissait, mourrait du régime qu'il voulait lui faire subir. Il lui administra d'effroyables potions. Mais le vieillard, comme s'il eût voulu braver l'empirique, ne s'en porta pas plus mal et ne recouvra pas la raison.

Jean Coictier, rebuté, et ne sachant que répondre aux demandes pressantes du roi, avait presque abandonné son malade et ne le visitait plus que pour la forme ; il n'était préoccupé que d'une chose : conserver son influence sur l'esprit du prince et trouver un moyen de sortir habilement de l'impasse où il s'était jeté.

Or, un soir du mois d'août, quelques semaines après l'arrivée de Germain Rivoire au Plessis, maître Coictier s'était rendu près de son malade ; et, sans se préoccuper du vieillard tristement assis dans un coin, il se promena quelque temps de long en large dans la chambre. A la fin, jetant les yeux sur un cadran solaire placé au dehors, il sortit du donjon, se dirigea vers la partie du château qu'habitait le prince et pénétra dans l'appartement royal.

La maladie de Louis XI avait fait des progrès ; le puissant et redouté monarque était étendu sur un lit de repos, et son corps, suivant l'expression d'un chroniqueur, ne semblait plus qu'une *anatomie ambulante*. Il était magnifiquement habillé. Mais l'or et le velours ne faisaient que rendre son étisie et sa décomposition plus évidentes.

Cependant il ne se résignait pas encore à mourir. Nul plus que lui n'était convoiteux de vivre. Il mettait tour à tour son espérance dans les secours des hommes et dans ceux du Ciel. Lui qui jadis ne croyait guère à la médecine, s'abandonnait maintenant, avec une aveugle crédulité, à Coictier, son principal médecin, homme vaniteux, brutal et cupide, qui lui extorquait des sommes immenses, non par la flatterie, mais par des menaces. Coictier agissait chez le roi comme dans sa propre maison.

En se présentant devant Louis XI, il alla droit à un fauteuil où il s'assit sans gêne, après s'être légèrement incliné devant le maître.

— Eh bien ! demanda le monarque, Germain Rivoire guérit-il ?

— Non, je dois l'avouer, répondit brusquement le médecin.

— Ce n'est pas là ce que vous aviez promis, reprit le prince.

— Ce malade me fatigue et je ne suis pas fait pour vivre sans cesse auprès d'un fou.

— Doucement, maître Coictier, ajouta le roi. Daignez vous souvenir de nos conventions.

— Je ne me souviens de rien.

— Il n'en est pas ainsi de moi, et bien mal venu est celui qui affirme que mon sens n'est pas bon.

— Il ne s'agit pas de cela.

— Coictier, dit Louis dont le regard étincela, personne oncques ne me parla de ce ton.

— Nature se plaît à diversité, c'est vous qui ne cessez de le dire.

— Laissez-moi parler et vous rappeler les choses convenues entre nous. J'ai doublé vos honoraires, sur votre engagement de rendre la raison au garde-chasse.

— La raison ! la raison ! est-ce que c'est de ma compétence ? Donnez-moi une bonne maladie et je me fais fort de la guérir. Mais je ne puis répondre d'un mal semblable. Qui sait même s'il n'y a pas là dedans quelque sorcellerie, et si ce n'est point l'affaire de gens d'Eglise plutôt que de médecins.

— Voudriez-vous dire aussi par là que les remèdes sont impuissants sur moi ?

— Qui oserait l'affirmer ? répliqua Coictier avec impatience.

— Maître Jean, ajouta le roi que la colère commençait à prendre, vous vous oubliez, je crois. Tout malade que je suis, d'un mot, d'un signe, je puis vous faire tourner à mal.

— Oh! je sais bien, s'écria Coictier furieux, qu'un matin vous m'enverrez où vous en avez envoyé tant d'autres.

Louis laissa échapper un petit rire sec peu rassurant. Mais le médecin, qui s'était levé, poursuivit d'un ton terrible :

— Retenez bien ceci : si je péris, vous ne vivrez pas huit jours après moi.

Le roi, effrayé, fit des excuses au misérable, et protesta qu'il se garderait bien de toucher à un seul cheveu de sa tête. C'est ainsi qu'il souffrait tout de son médecin, et se laissait tyranniser par lui. Les gages de Coictier, dans les huit derniers mois, montèrent jusqu'à dix mille écus d'or mensuellement. L'empirique se faisait donner en outre les seigneuries de Rouvres, de Saint-Jean-du-Loire, de Saint-Germain-en-Laye, et la première présidence de la chambre des comptes.

En même temps, Louis envoyait de riches présents aux églises les plus révérées des fidèles; il faisait venir des reliques de tous les coins de la chrétienté. Baïezid II lui fit offrir toutes celles de Constantinople s'il voulait retenir en France Zizim, son frère, qui lui avait disputé le trône, et que les chevaliers de Rhodes avaient soustrait à sa vengeance. Son chapeau était tout garni d'images, la plupart de plomb et d'étain, lesquelles il baisait souvent, se jetant à genoux quelque part qu'il se trouvât, quelquefois si soudainement qu'il semblait plutôt fou que sage homme. Il mandait autour de lui hommes solitaires et femmes d'excellente dévotion.

Etant venu à ouïr la renommée d'un personnage de grande sainteté et austère vie, nommé Frère François de Paule, du pays de Calabre, et premier fondateur de l'ordre des Minimes, il le fit venir et se mit à genoux devant lui, le suppliant qu'il lui plût allonger sa vie. Le saint répondit ce que sage homme devait répondre. Toutefois Louis lui bâtit un monastère près du Plessis-lès-Tours, et le retint en France.

Louis poussait à un tel point l'amour de la vie, qu'il ne sollicitait même plus les gens d'Eglise de prier pour la rémission de ses péchés. Faisant une fois dire une oraison à Saint-Eutrope, comme le chapelain, selon la formule ordinaire, priait pour la santé de l'âme et celle du corps :

— Priez seulement, lui dit-il, pour la santé du corps, il ne faut point demander tant de choses à la fois.

La grande peur qu'il avait de mourir était si bien connue des populations, et ses ennemis avaient donné si mauvaise opinion de lui, que les rumeurs les plus bizarres et les plus atroces s'accréditaient au sujet des remèdes qu'il employait pour retarder sa fin. On répandit le bruit que, sur l'ordonnance de Coictier, on rassemblait au Plessis des enfants qu'on saignait, et dont on lui faisait boire le sang pour corriger l'âcreté du sien. Un chroniqueur ancien parle encore d'autres terribles et merveilleuses médecines qu'on faisait sur lui.

Ne pouvant accomplir lui-même de pèlerinages, il en faisait faire aux autres, mettant en voyage les ermites, les moines, les dévots, les dévotes, et jusqu'aux religieuses, qu'il envoyait aux églises et aux chapelles des saints les plus en renom de miracles. Il commandait des messes et des processions ; il ordonna d'abord une procession à Saint-Denis, pour faire cesser le vent de bise qui l'incommodait; le Parlement y assista et se rendit à la basilique avec un grand nombre de religieux portant des reliques.

Pendant ce temps, les moines de Saint-Germain-des-Prés, de Saint-Victor et les Chartreux faisaient des processions particulières et chantaient des messes pour la conservation du roi. De nouvelles processions furent encore ordonnées, où les avocats, les procureurs et autres officiers des tribunaux étaient obligés d'assister.

De cet amour désordonné de Louis pour la vie, maître Jean Coictier profitait plus que personne, s'imposant au prince et le tyrannisant malgré les énormes honoraires qu'il en recevait. Cet homme au front d'airain bravait la haine et le mépris publics, et agissait comme si son royal malade eût dû ne jamais mourir.

Il quitta brusquement l'appartement du roi, après la scène racontée plus haut, et regagna sa chambre. Il se promena quelques instants d'un air méditatif; puis, ouvrant une armoire de fer, il inspecta les rayons chargés de fioles et de bocaux pleins de substances diverses. Il prit un flacon de cristal, contenant un liquide bleuâtre, l'enveloppa soigneusement, le plaça dans son sein, referma l'armoire à clef et descendit de son logis.

Arrivé dans la cour, il parut hésiter un instant sur la direction qu'il suivrait. Mais, s'étant sans doute arrêté à une résolution immuable, il alla d'un pas rapide au donjon et pénétra de nouveau dans la prison du vieux garde-chasse. Ayant congédié les surveillants et fermé la porte, il examina attentivement Germain Rivoire toujours dans le même état d'immobilité. Ensuite, s'approchant, il tira le flacon, le déboucha, et, ouvrant de force les lèvres du vieillard, il lui versa le contenu dans la gorge. Cela fait, il brisa le cristal dont il jeta les débris dans le fossé plein d'eau qui baignait le pied du donjon, et il se retira tranquillement.

XI

L'ÉMISSAIRE ALLEMAND.

Un mois s'était écoulé depuis les événements racontés au chapitre précédent. L'automne approchait, et le soleil, moins ardent, ne brûlait plus les campagnes.

Une après-midi de septembre, une scène étrange se passait dans la forêt de Malicorne, que traversait la route d'Angers à Orléans. Au milieu d'une éclaircie tapissée de mousses de thym en fleurs et de genêts au feuillage odorant, s'élevait une vieille hutte de charbonnier déserte et délabrée ; les ais qui formaient ses parois et la porte étaient vermoulus, le toit pourri et effondré.

Pourtant, à l'heure en question, une douzaine de chevaux débridés paissaient l'herbe à moitié desséchée. Ils paraissaient avoir fait une longue course ; du moins, leurs flancs poudreux et encore ruisselants de sueur l'indiquaient.

Dans la cabane, douze cavaliers, tous gentilshommes de bonne maison, s'entretenaient ou délibéraient. Plusieurs d'entre eux sont connus du lecteur.

Il y avait là les comtes de Romont et de Nassau, les sires de Torcy, de Cravant, César Warlat et plusieurs autres nobles personnages. L'unique fenêtre de la hutte, masquée par les ronces et autres broussailles d'où pendaient des fruits noirs et rouges, ne permettait pas de distinguer bien nettement les objets.

Cependant on pouvait remarquer les mouvements de ces chevaliers qui, debout, armés, brandissaient leurs larges glaives. Ils entouraient un homme placé dans la pénombre et qu'il était difficile de reconnaître au premier abord.

Cet homme, très-jeune encore, était le comte Jean de Saint-Yon.

Les gentilshommes qui se pressaient autour de lui, faisaient éclater leur enthousiasme et protestaient de leur dévouement impérissable. Mais le plus exalté c'était sans contredit le comte de Romont. Le vieux chef bourguignon, hors de lui, ne pouvait réprimer ses transports, et il s'écriait d'une voix ivre de bonheur :

— Nous vous reconnaissons pour notre prince et légitime souverain, monseigneur ! Oui, vous êtes le fils du Téméraire, le descendant de l'illustre maison de Bourgogne. Nous sommes prêts à soutenir vos droits par la force, à arracher des mains du roi de France et de celles des Allemands votre glorieux héritage. L'épée que nous tirons aujourd'hui, nous ne la remettrons au fourreau que le jour où la couronne ducale aura ceint votre front.

Les onze autres chevaliers s'associèrent aux protestations du comte de Romont, et promirent de combattre jusqu'au dernier soupir pour la cause du jeune homme.

Jean de Saint-Yon, toujours en doute sur sa naissance, secoua la tête et répondit tristement :

— Hélas! mes amis, à quoi bon cette levée de boucliers? Je crains que vous ne dépensiez inutilement vos nobles vies.

— Notre devoir est de défendre vos droits, dit le comte de Nassau.

— Mais ces droits, au nom desquels vous vous levez en armes, ils sont contestés.

— Qu'importe, s'ils existent réellement? répliqua Romont.

— Telle est la question, reprit Jean de Saint-Yon.

— Nous les admettons tous ici.

— Je le sais, et je vous en remercie. Je suis fier, croyez-le, de vos sympathies. Mais les preuves manquent; tous les efforts ont échoué quand il s'est agi de les découvrir.

— Malgré cet échec, aucun de nous n'hésite à vous proclamer.

— Votre appui, s'il me fait triompher, ne servira qu'à grossir le nombre des usurpateurs. La postérité me jugera comme un heureux aventurier.

— Ne parlez pas ainsi, monseigneur, interrompit le comte de Romont. Votre origine est évidente à nos yeux; et l'étant pour nous, elle doit l'être pour tous, car nous sommes des hommes d'expérience, et nous n'avons pas accueilli légèrement les bruits qui vous désignaient comme le fils de Charles. De grâce, ne vous arrêtez plus à des défiances sans fondement.

— Des présomptions ne sont pas la certitude, soupira Jean de Saint-Yon; et, en chose si grave, il faut la certitude.

— Comptez-vous pour rien, demanda Romont, l'heureuse fortune qui vous a si merveilleusement préservé de la mort ! Ce coup du Ciel, ce prodige, dirai-je, témoigne en votre faveur. J'y vois une preuve irrécusable de vos droits, un signe manifeste qui vous marque pour la souveraineté !

— Les Flandres et la Bourgogne, dit le comte de Nassau, n'hésiteront pas à vous reconnaître pour leur prince, dès que vous apparaîtrez dans ces provinces.

— Non, non, mes généreux amis, répondit Jean de Saint-Yon, je n'avancerai pas plus loin dans cette voie. Une fois déjà, cédant à d'amicales influences, j'ai revendiqué le titre illustre que vous m'attribuez. Je ne veux plus tenter cette périlleuse aventure ; elle m'a trop mal réussi.

— Le diadème vaut la peine d'être acheté par quelques épreuves, dit Romont.

— Dois-je l'acquérir, sans être sûr qu'il m'appartient par droit de naissance ?

— Le premier qui fut couronné, parvint au trône acclamé par les peuples.

— Je ne le nie pas ; mais il n'en est pas ainsi de moi. Qui songe, excepté vous, en Bourgogne, à un jeune homme obscur, qui de sa vie n'a manié les armes ou accompli œuvres de renom ?

— Quand les populations vous auront vu, elles vous accueilleront avec allégresse, reprit le comte de Romont. Vous ressemblez au duc Charles, cela leur suffira.

— N'insistez plus, nobles seigneurs, supplia Jean de Saint-Yon ; je n'aspire qu'à revoir ma jeune épouse et à reprendre la douce vie que je menais naguère avec elle, dans mon paisible manoir.

— Il n'en peut être ainsi, s'écrièrent les gentilshommes présents.

Cette violence morale qu'on voulait lui faire, excita encore le jeune comte à la résistance. Ses yeux brillèrent un instant d'un éclat singulier, puis ils s'emplirent de larmes, et il dit, la main levée, dans l'attitude d'une inébranlable résolution :

— Je ne souffrirai point que désormais une seule vie soit exposée pour ma querelle.

— Quand une cause exige qu'on tire le glaive pour sa défense, répliqua le comte de Nassau, tous ceux qui l'embrassent doivent être disposés à verser leur sang pour la faire triompher. Jusqu'ici, peu de sacrifices ont été accomplis pour reconquérir l'héritage du Téméraire.

— Il en est un, cependant, et c'est beaucoup trop à mon gré : le comte de Chimay a péri pour moi, lui qui me nommait son fils, et je ne m'en consolerai jamais !

— Vous refusez nos services? dit Romont.

— Je ne puis les accepter.

— Eh bien ! que vous y consentiez ou non, nous poursuivrons un but qui nous paraît légitime. Nous avons jadis prêté serment de fidélité au duc Charles, nous nous regardons également comme liés envers la postérité de notre ancien maître.

— Cessez, je vous prie, de tenir un langage qui m'afflige.

— Pouvez-vous nous empêcher de mourir pour vous, si tel est notre bon plaisir ?

— J'avoue que je ne suis le maître ni de vos volontés ni de vos actes. Comte de Romont, réservez votre sang généreux pour une meilleure cause. Retournez dans vos foyers et permettez que je revoie les miens.

Les douze cavaliers, d'un cri unanime, protestèrent contre cette recommandation.

— Nous vous couronnerons, monseigneur, ajoutèrent-ils, ou nous succomberons jusqu'au dernier.

Et tous ensemble agitèrent leurs glaives d'une façon menaçante. Jean de Saint-Yon, subjugué par un cri si sublime et si opiniâtre de dévouement, reprit la parole :

— Mes amis, dit-il, j'accepte vos services.

Un tonnerre d'applaudissements et d'acclamations répondit à cette déclaration. Le comte poursuivit :

— J'accepte vos services, mais je me réserve d'indiquer l'heure opportune où je requerrai votre concours. A mon avis, la prudence conseille d'ajourner quelque temps nos projets.

Un murmure de douloureuse surprise accueillit ce langage. Toutefois, Saint-Yon continua d'un ton ferme :

— Ne croyez point que j'use en ce moment d'artifice. Je l'affirme solennellement, loyalement, je reçois de vos mains vaillantes et généreuses la couronne de Bourgogne, le sceptre du duc Charles, mon père, si vous l'aimez mieux. Mais, comme votre chef, je vous dis : Une nouvelle tentative en ce moment serait souverainement imprudente. Préparons-nous en silence, et, le jour venu, ma voix s'élèvera et vous appellera aux armes. Jusque-là demeurez en paix.

— A quand remettez-vous l'exécution de l'entreprise ?

— A la mort de notre ennemi, le roi Louis ; elle ne saurait tarder, vous le savez tous. Le persécuteur de la maison de Bourgogne une fois dans la tombe, notre tâche deviendra facile : un enfant, sous la régence d'une jeune femme, ne saurait nous arrêter.

— Cette proposition me paraît dictée par la

sagesse, dit le comte de Nassau et j'y donne ma pleine adhésion.

— Je me range également à cet avis, ajouta le comte de Romont.

Les douze chevaliers approuvèrent successivement la pensée de Jean de Saint-Yon, seulement ils voulaient que le jeune homme consentît à recevoir une garde de quelques hommes d'armes.

— La précaution est inutile, répondit-il, je ne crains rien. D'ailleurs, mon intention n'est pas de provoquer mes ennemis.

— Nous devons veiller à la sûreté de votre précieuse existence, reprit Romont.

— Elle est sous la protection de Dieu, dit le jeune homme en souriant. Le Ciel, qui m'a préservé des eaux de la Loire, ne permettra pas, s'il a décidé mon élévation, que je succombe sous les coups de ceux qui en veulent à ma vie.

Et comme les braves cœurs qui l'entouraient se rendaient avec peine à son désir, il ajouta :

— Rassurez-vous, mes amis, je ne commettrai aucune imprudence. Je vais rejoindre ma noble épouse, qui me pleure encore, sans doute, et avec elle je choisirai une retraite sûre.

Tranquillisés par ces paroles, les seigneurs bourguignons gardèrent le silence, et nul d'entre eux ne songea plus à élever une objection. Le comte de Nassau, qui jouait maintenant, auprès de Jean de Saint-Yon, le rôle du comte de Chimay, s'adressant à ses compagnons :

— Il est temps de nous séparer, compagnons, dit-il. Rentrez dans vos demeures et attendez-y patiemment le signal.

Les chevaliers se rendirent à cette invitation, et, s'inclinant successivement devant celui qu'ils regardaient comme l'héritier de leurs anciens maîtres, ils sortirent de la hutte, sanglèrent leurs chevaux, se mirent en selle, et quittèrent la forêt. Toutefois, ils obtinrent d'accompagner Jean jusqu'à son manoir.

Profitons de cet intermède dans l'histoire dramatique que nous racontons, pour expliquer comment Jean de Saint-Yon, jeté dans la Loire, sous les murs du Plessis-lès-Tours, se retrouvait en vie au milieu des adhérents de la maison de Bourgogne.

Le moyen de salut qu'employa le jeune homme lui avait été fourni par le vicomte de Châteauneuf. Ce dernier, instruit par l'expérience des habitudes de Tristan l'Hermite, et prévoyant que Jean de Saint-Yon serait condamné à périr dans le fleuve, lui avait jeté, de sa cage, une mince lame, sorte de couteau très-tranchant. Raoul, dès les premiers jours de la captivité du comte de Chimay et de son pupille, était parvenu à arracher de la cloison de son cachot un long clou. A force de persévérance et d'industrie, il réussit à l'amincir sur une pierre, et à l'aiguiser. Il avait pensé d'abord à s'en servir pour opérer sa propre délivrance, en sciant les barreaux de sa cage ; mais il dut renoncer à ce projet : la lame de fer s'ébréchait et ne pouvait atteindre le but. Ce fut alors qu'il pensa à la remettre à Jean de Saint-Yon, pour le cas où le jeune homme courrait quelque danger.

Châteauneuf avait réussi à transmettre la lame à son compagnon de captivité, la veille du jour où le prévôt vint le prendre pour le mener au supplice. Voilà pourquoi le vieux prisonnier avait si bien recommandé au jeune homme, dans le temps que les satellites l'emmenaient, de ne point oublier les instructions reçues.

Jean emporta, soigneusement caché, l'instrument

qui lui avait été donné. Mais les liens qui retenaient ses mains semblaient devoir l'empêcher de mettre en œuvre son dernier moyen de salut. Dieu lui vint en aide : au moment où les hommes de Tristan le déposèrent sur le rivage, il fit un effort désespéré, qui brisa les cordes, et il saisit la lame. Aussitôt qu'il se sentit englouti par les eaux de la Loire, il éventra rapidement le sac, parvint facilement à se dégager, et nagea sans bruit vers la rive opposée. L'ayant atteint bientôt, il se retourna vers le Plessis, et aperçut, dans la direction du sombre manoir de Louis XI, un point lumineux, mobile : c'était la lanterne qui éclairait le prévôt et sa troupe.

Le comte de Saint-Yon était sauvé.

Il ne s'arrêta pas longtemps sur les bords du fleuve. Profitant de l'obscurité qui régnait encore, il prit la fuite dans la direction des collines, pénétra au jour dans un bois épais, où, épuisé de fatigue, il se reposa jusqu'au soir. La nuit suivante, il atteignit le manoir de l'un de ses amis qui lui offrit une généreuse hospitalité.

Ses partisans, avertis de sa délivrance inespérée, le rejoignirent en secret, et vinrent lui offrir leurs loyaux services.

Le surlendemain de la réunion de la forêt de Malicorne, les douze cavaliers qui n'avaient pu encore se résoudre à se séparer de leur jeune chef, arrivèrent avec lui au fond de l'Anjou, à trois lieues seulement du manoir de Saint-Yon. Le soleil était à son midi. Mais, les chevaux étant harassés de fatigue, il fallut les faire reposer avant de fournir la dernière étape.

Pendant que les coursiers paissaient l'herbe fraîche, à l'ombre d'un bouquet de peupliers, le comte de Saint-Yon, à qui le voisinage de sa demeure où il espérait bientôt embrasser sa jeune épouse, inspirait de riantes pensées, devisait gaiement avec ses compagnons. Parfois seulement le souvenir de Claude de Chimay amenait sur son front un nuage de tristesse.

Les voyageurs se préparaient à continuer leur route, quand un homme de haute taille, maigre, à la figure anguleuse et à l'œil sinistre, arriva, monté sur un cheval efflanqué. A la vue des chevaliers, il s'arrêta brusquement, parcourut de l'œil le groupe brillant, et tressaillit en apercevant le jeune homme. Il sauta sur-le-champ à bas de son cheval, et s'adressant au comte de Nassau, plus rapproché de lui, il demanda :

— Messire Jean de Saint-Yon est-il présent parmi vous?

— Oui, répondit Nassau, étonné des allures de l'inconnu.

— Je désirerais le voir.

— Que lui voulez-vous?

— J'ai à lui parler.

— Qui êtes-vous?

— Je ne puis le dire qu'à lui-même.

Tandis que ces paroles s'échangeaient rapidement entre les deux interlocuteurs, Jean de Saint-Yon, qui s'était entendu nommer, se présenta et dit à l'étranger :

— Je suis Jean de Saint-Yon.

— Je m'en réjouis, dit le nouveau venu en s'inclinant, je suis chargé pour vous d'une mission.

— Quelle est-elle?

— Messire, souffrez que nous nous retirions un peu à l'écart; j'ai besoin de vous parler seul à seul.

— Venez avec moi, en ce cas, dit le jeune comte qui emmena son visiteur derrière les arbres, dans un lieu, toutefois, où il pouvait être vu de ses amis. Maintenant que nous sommes seuls, reprit-il, expliquez-vous sans crainte.

— Daignez lire cette lettre, messire, répondit l'étranger en tendant un papier au jeune homme.

Celui-ci prit la feuille et commença à lire. Mais à peine avait-il parcouru les premières lignes, que l'inconnu, prompt comme l'éclair, tira un poignard de sa ceinture, et le plongea tout entier dans la poitrine du comte.

Jean de Saint-Yon tomba à la renverse en poussant un grand cri, et son sang, qui coulait à flots, rougit le gazon. Ses amis, qui ne l'avaient pas perdu de vue, aperçurent trop tard le mouvement de l'inconnu; ils accoururent, et, avant que le meurtrier n'eût pu prendre la fuite, ils le saisirent, le terrassèrent, et lui arrachèrent son arme teinte de sang.

Le comte de Nassau et le sire de Torcy, relevant leur jeune chef, visitèrent sa blessure et s'occupèrent d'étancher le sang.

Pendant ce temps, le comte de Romont interrogea l'assassin.

— Qui es-tu? lui demanda-t-il.

— Je suis né en Allemagne.

— Connaissais-tu le comte de Saint-Yon?

— Je l'avais vu une fois seulement.

— Quel mal t'avait-il fait?

— Aucun.

— Alors pourquoi l'as-tu frappé?

— J'ai obéi?

— A qui?

— A mon maître.

— Quel est le scélérat qui t'a mis le poignard aux mains?

— L'archiduc Maximilien.

— Sais-tu pour quel motif le prince autrichien a ordonné cet exécrable forfait?

— Il craignait que le comte de Saint-Yon ne réussît à se faire reconnaître duc de Bourgogne, et qu'il ne privât les enfants de Marie des provinces qui leur restent.

En effet, l'archiduc Maximilien, époux de la fille de Charles-le-Téméraire, avait dû céder à Louis XI une partie des Etats du Téméraire. Informé par Louis qu'il existait en Anjou un jeune homme se disant fils du duc Charles, Maximilien, craignant pour les possessions de ses enfants, paya un assassin pour tuer le comte de Saint-Yon. Le misérable, après de longues recherches, avait enfin rencontré le jeune homme qu'on lui avait désigné pour victime, et il l'avait frappé d'une main sûre.

Jean de Saint-Yon n'était pas mort sur le coup. Evanoui seulement, il ne tarda pas à revenir à lui, et jetant sur le comte de Nassau un regard plein de tristesse et de reconnaissance, il lui dit d'une voix faible :

— Messire, je suis blessé grièvement

— Votre état n'est pas désespéré ; Dieu vous conservera pour notre cause.

— Je me sens très-mal, soupira l'adolescent.

Puis, après une pause :

— Je désirerais voir un prêtre, ajouta-t-il, et mon épouse infortunée.

— Je cours chercher l'un et l'autre, répondit le sire de Torcy qui s'élança immédiatement à cheval.

Le ministre de Dieu arriva le premier, le confessa, et lui offrit toutes les consolations de la religion.

Le malheureux comte, blessé mortellement, s'épuisait rapidement, et, de temps à autre, son regard mourant interrogeait l'horizon. Enfin sa jeune femme arriva, éplorée, en proie à une affliction voisine du désespoir. Elle se jeta sur son époux sanglant, en poussant des cris lamentables; puis, folle de douleur et ne sachant à qui s'en prendre de cette cruelle épreuve, elle se tourna vers les chevaliers qui entouraient le comte :

— C'est vous, barbares, qui l'avez tué! dit-elle d'une voix étouffée par les sanglots. Que ne le laissiez-vous en paix dans ce manoir antique où nous coulions d'heureux jours, et dont il ne voulait pas sortir?

Les seigneurs bourguignons, touchés du malheur qui frappait l'infortunée, gardèrent un respectueux silence.

Jean de Saint-Yon s'efforça, par de tendres et chrétiennes paroles, de calmer sa jeune et belle épouse. Le prêtre l'aida, sinon à la consoler, du moins à lui faire envisager avec quelque résignation la perspective d'une séparation imminente.

Au milieu de cette scène d'inénarrable désolation, arriva le marquis d'Ermailles, qui demeura sans voix devant le spectacle qui s'offrait à lui. Enfin il s'écria avec un accent déchirant :

— Hélas! c'en est fait de nos espérances; tout est perdu!

— Quelles nouvelles apportez-vous? dit le comte de Romont.

— Ce que j'ai à vous apprendre est maintenant pour nous de peu d'importance.

— Qu'y a-t-il?

— Le vieux garde-chasse, dépositaire du secret, n'existe plus.

— Vous l'avez retrouvé?

— Il avait été conduit au château du Plessis-lès-Tours.

— Vous l'y avez vu?

— Non ; mais je sais qu'il est mort.

— Il est mort! répéta le comte de Romont.

— Oui, il est mort fou.

A ces mots, César Warlat, qui s'était contenu jusque-là, ne put réprimer un sanglot. Le marquis d'Ermailles ajouta :

— Le vieillard avait été confié aux soins de maître Coictier, qui se lassa de son malade et ne trouva rien de mieux que de l'empoisonner, pour s'en débarrasser.

— Comment avez-vous pu apprendre ces choses? Le château du Plessis est enveloppé dans un mystère impénétrable.

— Celui qui s'était enfermé dans ce redoutable manoir, et qui de là gouvernait la France, Louis XI, en un mot, a cessé de vivre le 30 du mois dernier.

Une exclamation de surprise accueillit ces paroles. Le marquis d'Ermailles était bien informé, le puissant roi de France avait enfin payé le tribut à la nature. Il avait eu toute sa vie une peur terrible de la mort. Toujours il avait recommandé à ses serviteurs, quand ils le verraient en danger de mourir, de lui dire seulement ce mot : « Parlez peu ! » et de l'exhorter simplement à se confesser, sans prononcer ce cruel nom de mort, car il lui semblait n'avoir pas le cœur d'ouïr une si formidable sentence. Après une nouvelle attaque d'apoplexie, lorsque le sens et la parole lui furent revenus, Olivier le Daim, Coictier et Doyat, lui dirent ces dures et brèves paroles :

— Sire, il faut que nous nous acquittions. N'ayez plus d'espérance, car sûrement c'en est fait de vous, et pour cela, pensez à votre conscience, car il n'y a nul remède.

Il endura toutefois son arrêt, dit Comines; il reprit toute son énergie et répondit :

— J'ai espérance que Dieu m'aidera; car, par aventure, je ne suis pas si malade que vous pensez.

Il se confessa, demanda lui-même et reçut les sacrements, les accompagnant de prières convenables. Il fit venir son fils, « et lui adressa de belles et notables paroles pour l'édification de sa vie et bonnes mœurs, le gouvernement et la conduite de la couronne de France. »

Il ordonna qu'on l'enterrât, non pas à Saint-Denis, mais à Notre-Dame de Cléry, et nomma ceux qu'il voulait qui l'accompagnassent par le chemin.

Par une étrange fatalité, ces deux morts, dont les suites auraient été si importantes pour le malheureux comte de Saint-Yon, s'il eût vécu, lui étaient annoncées au moment où il expirait lui-même. La première, celle de Germain Rivoire, ne permettait plus de déchirer le voile mystérieux qui recouvrait la naissance du jeune homme. La seconde lui ouvrait le chemin de la puissance, l'accès à la couronne des ducs de Bourgogne. Quoi qu'il en fût de son origine, les principaux seigneurs, liés autrefois à Charles-le-Téméraire, juraient qu'il était de la race de leurs anciens maîtres, et ne réclamaient pas d'autres preuves que sa ressemblance avec le Téméraire et les bruits semés autour de lui.

Louis XI disparu de la scène, les chances étaient grandes pour le prétendant.

Néanmoins, ces espérances qui se présentaient plus brillantes que jamais, touchèrent peu son cœur résigné aux volontés divines; il ne songea qu'à essuyer les larmes de sa femme et à modérer la douleur de ses amis.

Ceux-ci, furieux de voir une telle destinée brisée

par le poignard d'un misérable, se précipitèrent sur l'assassin, et se préparèrent à lui infliger la peine due à son crime. Le sire de Cravant, ayant passé une corde dans les rameaux d'un peuplier, demandait qu'on lui amenât le coupable. Mais en ce moment la voix faible du blessé se fit entendre.

— Amis, dit-il, approchez-vous de moi.

Tous accoururent et l'interrogèrent du regard. Il leur sourit tristement, et ajouta :

— Vous allez entendre mes dernières volontés; j'espère que vous les exécuterez fidèlement.

— Le moindre de vos désirs sera pour nous une loi que nous accomplirons avec un religieux respect, répondit le comte de Nassau.

— Eh bien! ne consommez pas une vengeance inutile; épargnez le malheureux par qui je meurs.

Les chevaliers se regardèrent les uns les autres avec un étonnement mêlé d'une douloureuse admiration. Cependant le comte de Romont dit :

— La justice, monseigneur, exige que le meurtrier subisse sa punition.

— Permettez, messire, que la miséricorde prenne aujourd'hui la place de la justice. Dans un instant je paraîtrai au redoutable tribunal de Dieu. Or, il est écrit : « On emploiera pour vous la mesure dont vous vous serez servi pour autrui. » Donc, je veux pardonner.

Un silence solennel accueillit ces nobles paroles. Jean de Saint-Yon ajouta :

— Je demanderai davantage : donnez à cet homme une bourse d'or, afin qu'il puisse retourner vers son maître et lui annoncer comment se vengent ses victimes.

— Il sera fait comme vous le désirez, dit le comte de Nassau.

Le mourant remercia d'un sourire ses braves compagnons; il vit disparaître le meurtrier, délivré sur sa demande, et bientôt il exhala son âme en paix.

Le lendemain, les chevaliers, menant le deuil de leur jeune maître, sortaient du château de Saint-Yon, où l'on avait rapporté sa dépouille mortelle, pour se rendre à l'église du hameau, sous les dalles de laquelle la tombe était creusée. Un grand concours de peuple, humbles villageois venus des campagnes environnantes, s'était joint aux seigneurs bourguignons. Ceux-ci, quand ils eurent rendu les honneurs funèbres à l'homme qu'ils croyaient le dernier rejeton de la maison de Bourgogne, se séparèrent tristement et regagnèrent leurs châteaux, résignés à subir le joug du roi de France.

La jeune veuve du comte de Saint-Yon, après avoir versé des torrents de larmes sur la tombe de son époux, renonça pour toujours au monde et se retira dans un couvent où elle finit saintement ses jours.

Le vieux comte de Nassau, inconsolable de la perte du comte de Chimay et de celle de Jean, mourut de chagrin peu après le jeune homme.

César Warlat, qui avait involontairement causé la mort de son père, et peut-être aussi celle du comte de Saint-Yon, par les obstacles qu'il avait mis au succès de la mission du comte de Torcy, prit le bourdon et la besace des pèlerins, et ne reparut jamais dans sa patrie.

La vengeance de Dieu atteignit l'infâme entourage de Louis XI. Chacun des satellites de ce roi subit une peine proportionnée à ses crimes.

Tristan l'Hermite, le prévôt des maréchaux, finit misérablement sa vie sous la régence d'Anne de Beaujeu, fille aînée de Louis. Olivier le Daim, convaincu, entre autres forfaits, d'un crime commis avec d'atroces circonstances, périt au gibet. Jean Doyat, coupable de rapines et de concussions, délateur effronté, qu'on avait vu promener un faste insolent dans l'Auvergne, sa patrie, et y braver le duc de Bourbon, fut poursuivi en justice, condamné à être fouetté dans les carrefours de Paris, à avoir la langue percée d'un fer chaud et une oreille coupée. Conduit ensuite à Clermont, théâtre de ses insolences envers le prince, il y subit encore le supplice du fouet, perdit l'autre oreille et fut banni du royaume à perpétuité.

Quant à maître Jean Coictier, cet autre scélérat, qui avait amassé des richesses prodigieuses en abusant de l'empire que la crainte de la mort lui donnait sur son malade, il n'échappa point au châtiment. Un cri universel s'élevait contre son opulence. Traduit devant des juges, il fut condamné à une amende de cent cinquante mille livres, somme énorme pour le temps.

On dit que se croyant quitte de toute peine après cette restitution, il se retira dans une petite maison dont la modestie lui parut un asile sûr; ce qu'il exprima en faisant sculpter sur le devant un abricotier, avec ce mot en *rébus* suivant l'usage du temps : « A L'ABRI-COICTIER. » C'est ainsi qu'on prononçait et qu'on écrivait alors le mot abricotier.

La nouvelle de la mort de Louis XI porta une grande joie dans les cachots du Plessis et dans les cages de fer où gémissaient de nobles victimes. Après vingt ans de la plus dure captivité, le vicomte de Châteauneuf vit enfin s'ouvrir les portes de sa prison. Ce vieillard, enseveli dans un sépulcre et qui ne comptait plus parmi les vivants, s'étonna de revoir enfin la douce lumière des cieux et de reparaître parmi ses semblables. Il acheva paisiblement ses jours au milieu de ses fils et de ses petits-fils, à qui maintes fois il raconta la triste histoire de Jean de Saint-Yon et du comte de Chimay. Il mourut comblé d'années, et dédommagé par la Providence de ses longues épreuves noblement supportées.

FIN.

TABLE.

Tournai, typ. H. Casterman.

www.ingramcontent.com/pod-product-compliance
Ingram Content Group UK Ltd.
Pitfield, Milton Keynes, MK11 3LW, UK
UKHW021050200726
13857UKWH00003B/870